徳 間 文 庫

内調特命班 徒手捜査

今 野 敏

徳 間 書 店

『槃瓠《ばんこ》伝説』――中国南部の、いわゆる南蛮と呼ばれた種族の始祖伝説。
槃瓠という名の犬がたいへん手強《てごわ》い西域異民族の王を倒す。
その功により美しい娘を妻とし、子を作り一国を成すという伝説。

1

真っ黒い凶悪な影が、飯島恵利《いいじまえり》の体をおさえつけていた。

彼女は何度か大声を上げたが、誰も助けに来なかった。

彼女は三人の暴漢によって汚れきった廃ビルに運び込まれた。彼女が連れ込まれたとき、ホームレスの老人がいたが、三人の暴漢にたちまち追い出された。

押し倒されたとき、これから人生のなかでも最悪な目にあおうとしているにもかかわらず、汚れて湿った床で髪がきたなくなるのが気になった。

不思議なものだが、いざとなればそんなものなのかもしれない。

飯島恵利は、全身を激しく動かして抵抗した。手を振り回し、足で男を蹴《け》りつけた。

だがたちまちおさえこまれてしまった。

ミニスカートはまくれ上がり、太腿《ふともも》があらわになった。小さな白い下着までが見えていた。

三人の暴漢は手慣れていた。

ハーフコートの前を開くと、黄色いセーターをめくり上げた。

寒いため、その下に肌着を着ていたが、それを力まかせに裂いた。

肌着の下からブラジャーにつつまれた小ぶりな胸のふくらみが現れた。

彼らは、まるで魚を解体するように次々と恵利の着ているものを取り去っていった。

ブラジャーが引きちぎられると、真っ白い乳房が揺れながら現れた。

暴漢にしてみれば、東洋人の女の乳房は、乳首もふくめてたいへんつつましく、愛らしいのだ。

さらに彼らは、恵利のパンティーストッキングを引きちぎった。

恵利は、くたくたに疲れ、息が切れていたが、最後の力を振り絞って三人の手から逃れようとした。だが、それはまったく不可能だった。

ひとりが両手を、もうひとりが両足をおさえつけている。

ひとりが、ナイフを出して、白い小さなパンティーのサイドのゴムを切った。

パンティーが取り去られた。今や恵利は全裸にされていた。

ナイフを持っていた男が、彼女の全身をなめ回し始める。犯しているというよりも、純粋にうまい食い物を味わっているような様子だった。

首筋から腋《わき》、脇腹。

そして乳房を両手で揉《も》みしだき、乳首を片方ずつ口にふくんだ。

口にふくんだとき、吸いながら、舌で乳首を転がす。そのとき、乳うんも舌先で刺激される。

「いやあ！」

恵利は叫んでいた。その感触があまりにおぞましかったのだ。

乳首と乳房をさんざんもてあそんだ男は、唇と舌を下方へと移動させていった。

両方の足、ふくらはぎ、太腿をなめ回される。

最後に恵利の中心に舌がやってきた。

あまりの強烈な感触にのけぞらずにはいられなかった。

それは、拷問以外の何物でもなかった。

そして、ついに、男は体を重ねてきた。

「いや、いや、いやーっ！」

男は腰を動かし、無理やり恵利のなかに分け入ってきた。

体をふたつに裂かれるような激痛を感じ、恵利は叫び声を上げた。

まったくうるおっていないため、裂傷ができたかもしれなかった。

男はリズミカルに力強く動く。その間、恵利は苦痛と屈辱と、すさまじいおぞましさに耐えようとしていた。

だが男の射精を感じたころになると、すでに彼女は、すべてに耐えられなくなっていた。

強姦《ごうかん》は、肉体的にも心理的にも女性の忍耐の限界を超えている。

彼女は放心状態になった。

ふたりめの男が、彼女の体をもてあそび、そして彼女のなかに入ってきた。今度は、まえの男の体液のせいで、滑らかに入った。

あわただしく射精すると、さらに交替して三人目が犯した。

彼女はぐったりとして、ただ涙を流し続けていた。

どうしてこんなことになったのか——今はもう、彼女に考える力はない。

好奇心が彼女をこんな目にあわせたとも言える。

ニューヨークに遅い春が訪れようとしている。

街路の縁石には、凍りついた雪が、真っ黒になってこびりついていたし、ビルとビルの間の湿った路地にも、固くなって汚れた雪が残っている。

だが、日差しは確実に強くなり、日中は、街中にしつこく貼《は》りついている氷を水に変えた。

夜になるとその水はまた氷となるが、日に日にその量が減っていくのがわかる。

ニューヨークは、安全な街に変わろうと努力を重ねていた。

事実、市の南側やセントラルパークの両脇には、裕福な階級が戻ってきていた。セントラルパーク・ウエストは落ち着いた風格があり、イーストサイドは、高級住宅街で、高層ビルのペントハウスでは夜な夜な、ホームパーティーが開かれる。南側のイーストビレッジには若い芸術家が集まり、観光地のひとつにもなりつつあったし、ソーホーにはヤッピーと呼ばれる、行動力あるビジネスエリートがその町の雰囲気を好んでロフトなどに住んでいる。

とはいえ、夜のニューヨークの、特に、アップタウン方面が物騒なことには変わりはない。

飯島恵利が、日が暮れてからイーストハーレムと呼ばれるこの一帯にやってきた理由は、無知と好奇心ということに尽きた。

彼女は道に迷ったわけでもなく、そのあたりの物騒な噂《うわさ》を知らなかったわけでもない。

ただ、彼女は、高をくっていたのだ。そして、好奇心に勝てなかったのだ。あとで、同じツアーの連中に自慢してやれると考えていた。

彼女はこのあたりで見慣れたジーパンにジャンパーという恰好《かっこう》ではない。街から浮き出してしまいそうな服装だった。靴はパンプスだったし、モデルとして稼げるほどに美しい脚を強調するような、タイトのミニスカートをはいていた。黄色い派手なセーターを着て、その上に、モスグリーンのハーフコートを羽織《はお》っている。

三人の男たちが、いつからか彼女のあとをつけ始めていた。

彼らはまたとない獲物を見つけたのだった。ふと飯島恵利は、彼らに気づいた。そのときになっても彼女はまだ恐怖を感じなかった。

六本木の夜と勘違いをしているのだ。

声をかけられても、何とかかわしきれると思っている。

実際、六本木には、外国人——それも主に米国人ばかりが集まるバーが何軒かあり、白人や黒人とのセックス目あての若い女性がそこへやってくる。

米国人は、日本の若い女とセックスをするのは、売春婦を買うよりずっと簡単で手軽だと言い切る。

恵利も、そうした六本木のバーに何度か遊びに行ったことがあった。

彼女は、うしろからやってくる黒人の三人組を無視した。話しかけてきても無視するつもりだった。

日本ではそれで済むのだ。

だが、三人の黒人は話しかけたりはしなかった。

いきなり彼女につかみかかろうとしたのだった。

彼女は驚いて声を上げ、力の限り、黒人の巨体を突き飛ばして走り出した。

街では何人かの人がその様子を見ていたが誰も助けようとしなかった。

これは、大都市にあっては当然の態度といわねばならない。小さな村なら、誰がどんな行動を取るか互いに知っている。

どんな乱暴者でも、必ずその者を叱《しか》る人間が村にはいる。そのことを知っているから、人々は互いに助け合うことができるのだ。

だが、まったく知らぬ者同士が集まって暮らしている大都市は事情がまったく違う。

自分の命が惜しいのなら、他人のいざこざに介入しないほうがいいのだ。

彼女は必死でイーストハーレムを出ようとした。

うしろの三人は、余裕を持って走っている。いたぶって楽しんでいるのだ。

彼女はフィフス・アベニューをまっすぐに南下していた。右手にセントラルパークが見えてくる。フィフス・アベニューをこのまま下って行けば、高級で安全な一帯に出る。

だが、三人組はもちろんそのことを知っていた。

そして、せっかくの獲物を自分たちの縄張りから逃がすようなことはしなかった。

彼らは恵利をつかまえた。


パトカーのサイレンが聞こえてきた。

三人はあわててジーパンを引き上げた。

ナイフを持っていた男が、いきなり、横たわっていた恵利の喉《のど》をかき切った。

勢いよく血が噴き出した。三人は、あっという間に姿を消した。警官が駆けつけたとき、すでに飯島恵利の息はなかった。

ハワイでも、同様の婦女暴行殺人事件が起きていた。これまで、表沙汰《おもてざた》にはならなかったが、日本人の女性観光客が性犯罪の犠牲となるケースはたいへん多かった。旅行代理店の添乗員などは、たいていそのことを知っている。日本人の若い女性は、ハワイなどではそれほどに無防備で、挑発的ですらあるということだ。

だが、殺人となると話は別だった。観光が主要な財源のハワイ州当局も事態を重く見ているとマスコミに発表した。

また、それから数日後に、ロサンゼルスで、今度は、日本人男性が射殺された。その男性は、ロサンゼルスに単身赴任している商社マンだった。

たて続けに起こった日本人殺害の事件で、日本国内での世論は騒然となった。

アメリカが、経済問題で日本に対する批判を強めていた時期で、日本のマスコミ・言論界はアメリカに対するいら立ちをつのらせていたのだ。

それに対して、アメリカのマスコミの扱いはきわめて冷淡だった。

アメリカ人にしてみれば、国内で毎日数えきれないほど起きている暴行殺人のなかの三件に過ぎない。

さらに、ここのところ、マスコミの対日批判に煽《あお》られて、対日感情が悪化してきていたのだ。

これを機に、ハワイや西海岸での、日本人観光客のマナーの悪さや、閉鎖性を指摘する新聞さえあった。

アメリカ政府は、大統領の方針にのっとり、日本とのグローバル・パートナーシップを強調していた。

日本とアメリカは、環太平洋の二本柱であることも重ねて確認していた。

政府同士は、固く手を結び合っていこうとしていたが、双方の国民感情は、それとは別の方向に動き始めているように見えた。

ボストンは、アメリカのなかで最も古い歴史を持つ都市のひとつだ。

アメリカ建国の出発点はボストンにあると言える。

一六二〇年、メイフラワー号に乗った、ピューリタンのピルグリム・ファーザーズがボストンのケープコッド湾に上陸し、プリマスに植民地を作った。

これが、アメリカ合衆国のそもそもの始まりだ。

それ以前にも植民地を作った人々はいた。だが、アメリカ人たちが自国のルーツをプリマスあるいはボストンと考えるのにはもっともな理由があった。

それ以前の入植者たちが、利益のみを目的としていたのに対し、ピルグリム・ファーザーズは、信仰の自由を求めてやってきたからだ。

彼らは文字どおり新天地を求めてこの地へやってきたのだった。

そして、アメリカの独立戦争は、実質的にボストンから始まった。

ボストンは、今なお、レンガで作られた古い時代の美しい町並を残している。アメリカのアテネと呼ばれ、国民に愛されているのだ。

一方では、商業・金融中心の都市再開発が進み、保険会社などの超高層ビルも目立つ。

市庁舎まえの広場からそれほど遠くない場所に、小さなクラブがあった。欧米のクラブというのは、紳士たちのくつろぎの場だ。

男たちは、完全会員制のクラブで、仕事からも家庭からも解放されて、のんびりと読書、チェス、カードなどを楽しむ。

もちろん、食事もできるし酒も飲めるが、それだけではないのだ。クラブは男たちの隠れ家でなければならない。

そのクラブは伝統を守った完璧《かんぺき》なクラブだった。『シティー・クラブハウス』という名のそのクラブに、特別の部屋が用意してあった。

十二人分の椅子をまわりに置いた円卓のある部屋だった。

この部屋で話されたことは完全に秘密が守られることになっている。『シティー・クラブハウス』はそれを保証するだけの実績があった。

十二の席は今、すべてうまっていた。

クラブの会員になるというのはステータス・シンボルだが、一般のエグゼクティブたちが、この部屋を覗《のぞ》いたら仰天するに違いなかった。

十二の席に着いている人々は、ほとんどが有名人だった。

ある銀行の頭取もいれば、保険会社の社長もいる。映画のプロデューサーやベテラン俳優の姿も見える。軍人もいる。

それればかりではない。現職の上・下院議員の姿もあった。

彼らは、成功者であるという共通点を持っていた。富と、それぞれの世界で大きな発言力を持っている。

そして、もうひとつ、彼らにはWASPであるという共通点があった。WASP――つまり、白人《ホワイト》、アングロ・サクソン、プロテスタントの三条件を満たす人々のことだ。

席によって序列がないということを示すために円卓が用意されたのだが、話し合いを進める中心人物はいた。彼は、かなりの高齢だが、背筋はまっすぐに伸び、動きはきびきびとしている。

一見して、長い間、軍人をやっていたことがわかる。事実、彼は将軍だった。退役軍人だが、海軍少将で除隊していた。

彼は退役後、軍の人脈を利用し、コンピューター関連の会社で大成功した。

彼の名は、アーサー・ライトニング・ジュニア。七十二歳だった。ライトニング家は南北戦争の時代から続く軍人の家系だった。

十二の席に、老齢のたいへん品のいいウエイターがさまざまな飲み物を、間違いなく配り終えた。

ウエイターがドアの外へ消えると、アーサー・ライトニング・ジュニアがジャックダニエルのオンザロックを掲げて一同に言った。

「では、諸君。再会を祝して――」

十一人が、それにならい自分の飲み物を掲げた。

「乾杯」

それぞれが、飲み物を味わった。軍人はショットグラスを一気に干し、上院議員はウォッカマティーニを一口、慎重にすすった。

アーサー・ライトニング・ジュニアが言った。

「こうして『アメリカの良心』のメンバーがひとりも欠けることなく集まることができて、私はたいへんうれしい」

何人かが同意する言葉をつぶやいた。

「これを見てくれ」

アーサー・ライトニング・ジュニアはあるシカゴの新聞を開いて、みんなに見出しが見えるようにした。

その新聞は、以前、日本に対してたいへん批判的なキャンペーンを行なったことで有名だった。

「アンフェアな日本に当然の報復」

見出しにはそうあった。アメリカの記事がたいていそうであるように、それは署名記事だった。

「もちろん、その記事は読んだ。例の三件の日本人殺しに関しての記事だ」

上院議員が言った。

「私も知っている」

銀行の頭取が言う。「なかなかいいところをついている」

「そう」

アーサー・ライトニング・ジュニアは、まだその記事を知らない人のために新聞を回覧させた。「なかなかいいところをついているのは確かだ。だが、それ以上に、重要な意味がある。この記事は、われわれ『アメリカの良心』の計画が成功しつつあることを物語っているからだ」

メンバーたちは、おだやかに賛同を表現した。

2

ボストンの『シティー・クラブハウス』に秘密結社『アメリカの良心』のメンバーが集まり始めたのが、午後八時だった。

そのころ、日本は午前十時で、秋山隆幸《あきやまたかゆき》が所属している歴史民族研究所の一応の始業時間から一時間が経《た》っていた。

始業時間も終業時間もあってないようなものだった。だいたい、この研究所では仕事らしい仕事はしていない。

専従研究員が三名いるが、そのうちで秋山が最も若かった。あとのふたりは、秋山の父親ほどの年齢だった。

その他にも、非常勤で老齢の学者が何人か出入りしている。彼らはここへやって来る時間も、帰る時間も適当だった。いつも、何かの書物を読んでいる。

研究所内で会話らしい会話が交されることはあまりない。

歴史民族研究所というのは、文部省の外郭団体のひとつだが、目立った活動は何もしていないのだった。

文京区小石川にある小さな雑居ビルの四階すべてをこの研究所が占めているのだが、ワンフロアは二十平米ほどの部屋がふたつあるだけだった。

片方の部屋は書庫になっていた。

歴史民族研究所に出入りしている学者は、一時期、政府の委員会や諮問機関などで働いたことがあった。

秋山は、この研究所を、体《てい》のいい老人ホームだと考えていた。

そんな研究所に秋山が勤めているのは、明らかに場違いだった。

彼は三十を過ぎたばかりで、母校の大学で講師をしている。着実に助教授に近づきつつあった。

彼が歴史民族研究所で働くことになったのには例外的な事情があった。

もともとは、秋山の担当教授である石坂陽一《いしざかよういち》教授のところに来た話だったのだ。

石坂教授は一言「面倒くさい」と言い、秋山を代役にしてしまったのだ。秋山がこの研究所へ来てずいぶんと経つが、文部省から一言も文句を言ってきたことはない。

秋山は、くせのない髪を、ほぼ額の中央で左右に分けている。

ボストン型の眼鏡をかけており、典型的な学者タイプに見える。いつもゆったりとしたソフトスーツやジャケットを着ているので、彼の本当の体格に気づく人はあまりいない。

秋山は、どちらかといえば細身だが、明らかに着やせするタイプだった。飾りものでない柔軟な筋肉が発達している体は着やせして見えるものだ。秋山もそのタイプだった。

老学者のひとりが、新聞を見ながら言った。

「しかし、このところ、日米関係はどうなってるのかね……？」

珍しく別の学者がそれにこたえて言った。

「アメリカという国はね、歴史がない。若い国だ。どこの国でもそうだがね、若い時代には、力が正義となる。そして、若さゆえに構造が単純だ。その単純さで、他国の事情を推し測ろうとする。すると、理解できない。自分たちの理解できないことは正しくないことだと判断するんだな。そして、その構造を変えろと迫るわけだ」

「日米構造協議の話かね？　確かにね……。日本は長い歴史を持っている。その間に培った文化というものもある。商習慣などはその伝統のひとつだ。長い時間の間には確かに腐敗していく部分もある。だが、熟成と腐敗は紙一重だ。単純なアメリカ人にはそのあたりのことが理解できない」

「まったくだね……」

秋山は黙ってふたりの会話を聞いていた。

彼の思いは複雑だった。

秋山は、アメリカが秘密裡《り》に、構造協議やスーパー三〇一条（不公正貿易慣行国への制裁条項）などよりはるかに厳しい戦いを仕掛けてきたことを知る立場にあった。

秋山は、ふたりの仲間とともに、アメリカからやってきた三人のテロのプロフェッショナルと戦ったことがあるのだった。

秋山たちを雇ったのは、内閣危機管理対策室だった。

「何だろう、これは？」

新聞を見ていた老学者が言った。もうひとりが尋ねた。

「どうしたんだね？」

「広告だと思うんだがね……。『外交研究委員会』のメンバーへ、連絡を乞《こ》う。総理府・陣内《じんない》——何だろうね、これ……」

秋山は、はっとした。

『外交研究委員会』というのは、秋山らの暗号名だった。

「総理府・陣内」というのは、内閣情報調査室の次長・陣内平吉のことに間違いなかった。

内閣情報調査室は総理府に属しており、場所も総理府庁舎の六階にある。

秋山は、調べ物をしていたが急に落ち着かなくなり、書物の内容が頭に入らなくなった。彼は席を立って、専従の老学者ふたりに言った。

「すいません。ちょっと出掛けてきます」

ふたりは、いつものように、何ごとかつぶやいてうなずいた。

どこへ行くのか詮索《せんさく》するようなことはなかった。ここの人間は、誰もが他人の行動に無関心だ。

秋山はその点が気に入っていた。

旧式でひどくやかましい音を立てるエレベーターで一階へ行き、外へ出ると、秋山は地下鉄丸ノ内線の後楽園駅まで急いだ。

秋山はスタンドで朝刊を一紙買い、開いた。『外交研究委員会』のメンバーは、戦いが終わったとたん、散りぢりになっていた。

どこにいるかわからない。それで陣内は広告を出すことにしたのだろうが、それならばその広告は、あらゆる新聞に載っているはずだ。

秋山はそう考えて、適当に新聞を選んだのだ。思ったとおり、秋山の買った新聞にも、その広告は出ていた。

連絡先の電話番号も記されてあった。秋山は駅構内の公衆電話から、その電話番号にダイヤルした。

「総理府です」

女性の声がした。

「『外交研究委員会』の秋山といいます。陣内さんにつないでください」

「お待ちください」

部署名を言わなくてもすぐに話が通じた。陣内平吉は、この電話番号を特別に用意していたことがわかる。

ややあって、接続音が聞こえる。

「陣内です」

「『外交研究委員会』の秋山です」

「これはこれは……。よく連絡してくださいました」

陣内の声音《こわね》は、その言葉の内容ほどあたたかくはなかった。

だが、それは秋山からの連絡を歓迎していないことを意味しているのではない。陣内平吉は滅多に声や表情に感情を表わさないのだ。

秋山はそれをよく承知していた。

さらに秋山は、陣内に対しては挨拶《あいさつ》の言葉など不要なことを知っていた。

「あの広告はどういうことですか？」

「また、あなたがた三人にお集まりいただきたいのですよ」

「あなたたちと僕たちの関係は、あのとき限りじゃなかったのですか？」

「危機管理対策室長の下条泰彦《しもじょうやすひこ》は、アメリカに対するカウンター・インテリジェンス（対諜報《ちょうほう》戦）に、あなたたちのような民間人を使うことをためらっておりました。しかし、前回の完璧な成功により、その有効性を強く認識したわけです」

「つまり、使いやすい、と……」

「その点も否定はしません。もう一度ご協力いただきたいのです」

「僕はともかく、屋部長篤《やべちょうとく》と陳果永《ちんかえい》はどう考えるかな?」

「私にも、それはわかりませんね。ただ、あなたにはご協力いただけるという確信を得ました」

「なぜです?」

「広告を出したその日の午前中にこうして連絡してくださったのですからね」

秋山は否定できなかった。

彼は、一度の実戦を通して変わったのだった。

それまでの彼は、学究一筋の人間だった。人と争うことも嫌いだし、自分や、例えば自説を強引に主張するようなことはたいへん苦手だった。

彼は、ひっそりとした図書館の雰囲気や、資料の山に熱中していくときの静かな高揚感が好きだった。

だが、一度の命をかけた戦いによって、秋山の奥底に眠っていたものが呼び覚まされたのだった。

秋山は、代々彼の家に伝わる拳法を父から習い、免許皆伝を得ていた。彼は、自分では意識していなかったが、幼いころから戦う素質を持っていたに違いない。

そうでなければ、拳法の免許皆伝などもらえるものではない。

彼は、無意識のうちに、もう一度戦う機会を求めていたのかもしれない、と思った。広告を見てすぐに陣内に電話したのはそのせいかもしれない。秋山はそんな気がしていた。

陣内の声が聞こえてきた。

「『外交研究委員会』の新しいオフィスを用意しました。ぜひ一度ご足労願いたいのですが……」

「場所は?」

「南青山……」

陣内は詳しい住所を言い、場所を説明した。

「いつがいいのです?」

「そちらの都合に合わせますよ」

陣内がそれほど閑職にあるとは思えなかった。つまり、彼にとって秋山に会うことの優先順位が高いということを物語っていた。

その日の午後は、大学で講義があった。翌日は、水曜日で、一日大学で過ごさねばならない予定になっている。

「あさっての午前中ではいかがですか?」

「けっこう。十時にお待ちしています」

秋山は電話を切り、何事もなかったように、歴史民族研究所に戻った。

3

屋部長篤は、かつて伸ばし放題の髪をうしろでひとつに束ね、髯《ひげ》も放ったらかしで全国を歩き回っていた。

灰色に色落ちしてしまった黒の空手道衣《どうぎ》を着てすり切れた黒帯を締め、その上からマントを羽織っていた。

その奇妙な風体は人目を引いた。

さらに彼は、六尺棒を裸のまま肩にかつぎそれに風呂敷包みをくりつけていた。棒、杖《じょう》、木刀などを、裸のまま持ち歩くことは禁止されている。必ず袋などに包んで持ち歩かねばならない。

かつて、屋部長篤はそのことで警察官と問題を起こしたことがある。

今の彼は、その当時に比べずっと洗練されていた。

髪はかなり長目ではあるが、目立たない程度に刈られているし、髯にも手入れをしたあとがうかがえる。

着ているものもジーパンとジャンパーというたってまともなものだ。風呂敷の代わりに、米軍放出の大きな雑囊《ざつのう》を使っている。

六尺棒を常に携えているが、今はちゃんと黒い袋に収めている。

アメリカ人たちとの戦いが、彼を用心深くさせたのだった。

彼らとの戦いは、空手と琉球《りゅうきゅう》古武術に一生を捧《ささ》げた屋部長篤をも変えてしまうほどに熾烈《しれつ》だったのだ。

屋部長篤は二十歳のときに沖縄を出て本土に渡った。以来、十一年間、日本全国を放浪して、道場を見つけては試合をし、山にこもって鍛練を重ね、街に出てはやくざ者などを相手に実戦を行なってきた。

本土に渡ってから、彼は負け知らずだった。二十代のときは、餓《う》えた肉食獣のような眼をしていた。

今は、深く静かな眼をしている。

幼いころの彼からは、現在のような生活はとうてい想像できなかった。屋部長篤は、ひ弱な子供だった。

体も小さいほうで、運動も得意でなかったので、よく近所の悪童たちにいじめられた。だが、たった一度、喧嘩《けんか》に勝ったことが、彼の人生を変えたのだった。

今まで負け犬でしかなかった幼い長篤は、初めて勝利の味を知ったのだ。

それは、それまで知ったどんな事柄よりも大きな快感だった。

長篤は、よく父親からブサーの話を聞かされていた。武士と書いてブサーと読むが、さむらいのことではない。

沖縄で武士というのは空手の達人のことをいう。

コンクリートのように固いフクギの木の皮を拳《こぶし》で叩《たた》いて柔らかくし、素手であっという間にはがしてしまったという具志川《ぐしかわ》の平良小《たいらぐゎー》。

大男三人で押してもびくともしなかったといわれる加那ヤッチー。

五間ほどもある溝を飛び越え、見ている人々をあっといわせた伊佐保貞《いさやすさだ》。

そして、本部《もとぶ》ザールー、船越義珍《ふなこしぎちん》、糸洲安恒《いとすあんこう》、喜屋武朝徳《きゃんちょうとく》といった、近代空手の流派の祖となった人々——。

屋部長篤は、初めて喧嘩に勝った翌日から空手の道場に通い始めた。

それまで自分とはまったく無縁だと思っていた武術の世界に飛び込んだのだった。

彼は、初めて味わった勝利の興奮だけを求めて稽古《けいこ》に励んだ。

もう二度と負け犬にはなりたくない。今度負けるときは死ぬときだ——十歳になったとき、すでに彼はそう心に誓っていた。

家の玄関の脇に巻き藁《わら》を立て、出かけるまえと帰りに、必ず百本ずつ叩いた。

立ちを安定させるために、巻き藁の周囲には水がまかれてぬかるんでいた。そこに裸足《はだし》で立ち、拳を鍛えるのだ。

道場での稽古もすさまじかった。他の門弟や指導者が、あまりの稽古の激しさに、体をこわすのではないかと心配するほどだった。

彼は、多くの技を覚えることより、突きの一撃を徹底的に鍛えることのほうが重要であることを、すでに少年時代に悟っていた。

空手の突きに対する思い入れは信仰に過ぎないと批判する武道家がいる。空手をやっていながら、堂々とそういった発言をする人間さえいる。

敵は常に動いているのだから、動かない巻き藁を叩いたり、瓦を割ったりする訓練はナンセンスだというのだ。

拳による一撃必殺などあり得ないと言い切る武術家は多い。

だが、そう主張する人々は、本当に鍛え抜いた沖縄ブサーの拳を知らない。沖縄では拳のことをテイジクンというが、接近戦から繰り出される鍛えに鍛え抜いたブサーのテイジクンは、まさに一撃必殺の武器だ。

また、沖縄に伝わり空手の原型になったといわれる中国武術の世界では、実際に、たった一撃で対戦相手を殺してしまったという話がいくらでもある。

李氏八極拳の李書文《りしょぶん》や形意拳の郭雲深《かくうんしん》などが特に有名だ。彼らは、文字どおり、たったの一撃で相手を殺したというエピソードをいくつも持っていた。

拳による一撃必殺はあり得るのだ。だが、そのためには拳を固めたり、筋力を鍛えるだけではだめだ。内功——つまり気を練らなければならないのだ。

気を練ることで、拳の威力は十倍にもなるといわれている。

屋部長篤はそのこともよく心得ていた。

彼は空手と同時に、棒術、サイ、トンファ、ヌンチャク、鎌などの沖縄古武術を学んだ。

沖縄では、現在でも、空手と並行してこうした武器術を学ぶことが多い。琉球空手というのはもともと総合武道なのだ。

さらに、屋部長篤は、空手の師にすすめられ、宮古島に伝わる奇妙な古武術を学んだ。

その古武術は、琉球舞踊のひとつとして伝えられていた。だが極めればきわめて実戦的な拳法であることがわかった。

沖縄には空手発生以前にも、手《ティー》と呼ばれる土着の古武術があった。

屋部が身につけた宮古島の古武術はイヌディー、つまり犬の手と呼ばれていた。

屋部長篤は今、仙台にいた。

最近、仙台に、きわめて実戦的な空手を売り物にする道場が誕生したという雑誌の記事を読んだのだった。

その道場はすぐに見つかった。市の中心部からは、かなりはずれた小高い丘の中腹にある。

有力なスポンサーがついたらしく、建物は立派だった。

三階建てのビルで、一階がアスレチック・クラブのようなトレーニング・ジムになっており、二階が道場、そして、三階がオフィスとなっていた。

空手だけでこれだけの設備をまかなうのは大変なことだ。武道は思ったより金にならないことを屋部は知り尽くしている。

屋部は二階に上がって目を見張った。

当然、床が板張りの道場になっているものと思っていたのだ。だが、二階には、二つのリングがあったのだ。

サンドバッグ、パンチングボール、全身が映る鏡など、道場のなかはボクシング・ジムのようだった。

そのなかで、白い空手衣を着た人々が、トレーニングに励んでいる姿は、少々異様だった。

屋部は、この流派の「実戦的」という意味がわかったような気がした。それは、徹底した合理主義を意味しているのだ。

おそらく経営のほうもきわめて合理的なシステムになっているのだろう。だが、そちらの方面については、屋部はまったく興味がなかった。

空手の練習風景といえば、列を成して並んだ門弟たちが、指導者の号令に合わせて、いっせいに受けや突きを行なうというのが一般的だ。

だが、ここでは違った。ボクシング・ジムのように、一人の指導者に対して、生徒はふたりか三人だ。

マン・ツー・マンで指導をしている者もいる。

その全体をある人物が見て回っている。

その人物がこの道場主であり、流派を興した男だった。

屋部長篤はその男の顔を写真で知っていた。名前は、九門高英《くもんたかひで》。まだ三十二歳の若さだった。

九門高英は、きわめてしなやかな体格をしていた。中肉中背のスポーツマン体型だ。彼の指導は丁寧だった。

屋部は六尺棒をかついだまま、しばらく出入口に立ち、茫然《ぼうぜん》と道場の様子を眺めていた。黒帯を締めた男が屋部に気づき、近づいてきた。

その男は、道衣の下にスウェットのトレーナーを着ていた。彼は愛想よく屋部に話しかけた。

「見学ですか？」

屋部は拍子抜けしたような気分だった。武道の道場らしい緊張感があまり感じられなかった。

彼はこたえた。

「そう。稽古を見せていただきたい」

「どうぞご自由に」

黒帯の男はパイプの折り畳み式の椅子が三つ並んでいる壁際を指差した。「あそこでお掛けになってごらんください」

黒帯の男はそのまま歩き去って指導に戻った。

屋部長篤は言われるままに、椅子に腰かけ、練習風景を眺めた。

この会派の特徴は一見でわかった。空手にボクシングのパンチとフットワークを取り入れているのだ。

フルコンタクト系と呼ばれる、直接打突のルールを持つ空手流派には、多かれ少なかれ、ボクシングやムエタイ（タイ式キックボクシング）が影響している。

だが、九門高英が率いるこの会派はボクシングの影響がこれまでのどんな流派よりも顕著だった。

道場の様子や指導の方法を見てもそれがわかる。何よりもそれを物語っているのは、ふたつのリングだ。

彼らの試合は、リングで行なわれるのだ。

屋部長篤は、半ば興味をなくしかけた。だがせっかく仙台までやってきたのだから、せめて、ひとつでも得るものを見つけようと思った。

彼は稽古生の動きよりも、それを指導している黒帯たちの動きをじっと観察した。

新興流派の割には黒帯の数が多い。おそらく、この会派を開くまでには、かなり長い時間をかけており、その間に、九門高英はこの黒帯たちと、研究と練習を重ねたのだろう——屋部長篤はそう思った。

事実、黒帯たちの動きは、きわめて似通っていた。

突きはすべてボクシングのパンチと同じだった。

伝統的な空手のように、まっすぐ腕が伸びるまで突ききるような訓練はしない。

常に肘《ひじ》を曲げた状態を保ち、ジャブ、フックを多用する。

肘が九十度の角度でパンチが相手にヒットするように、打つ。その状態が、最もパンチが効くのだ。

足運びも、完全にボクシングのフットワークだ。受けも、ボクシングのディフェンスであるパリーを多く使っている。

パリーというのは、てのひらで相手のパンチをさばくのだ。

伝統的な空手では、受けといえば前腕部や手刀を使う。

九門たちは、一切そういった受けは使わなかった。

その代わりに、ダッキング、スリッピング、スナップバック、ボディ・スウェイ、ウィービング、ローリングなど、パンチをかわすために上体を動かすテクニックをよく学んでいる。

また、受けでは、パリーだけでなく、肩、肘などを使ったブロックが多く見られた。

いずれも、スピードを重視したテクニックだ。

それにキックが加わる。

黒帯の連中は実に柔軟な体をしており、自由な高さに蹴《け》りを出すことができる。

しかし、この会派ではハイキックは使わないようだった。蹴りは、相手の前進をはばむストッピングのために使われることが多い。

あとは、膝《ひざ》のやや上の腿の外側に叩き込まれるローキックが多い。

やはりスピード重視だ。

パンチはコンビネーション主体だった。ジャブ、フック、アッパーの三連打。ジャブ、ショベルフック、リアストレートの三連打、ワンツーの連続など、多種多様なコンビネーション・ブローを練習する。

黒帯のひとりが大きな声で言った。

「では、今から、九門塾長による、型の演武です」

九門はリングに上がった。

屋部長篤は、ようやく興味を覚えた。いくらボクシングのテクニックを取り入れていたって、空手であるからには型があるはずだ。

その型を見れば、九門の実力もわかるし、会派の理念もよくわかるはずだ。

一般に、空手は首里手《しゅりて》系、那覇手《なはて》系、泊手《とまりて》系の三つに分けられる。

それぞれに、多くの型が伝わっているが、首里手系では、公相君《クーシャンクー》、五十四歩《ごじゅうしほ》、慈恩《じおん》などが、那覇手では三戦《サンチン》、砕破《サイファ》、征遠鎮《セイエンチン》などが、そして、泊手では、二十四歩《ニーセーシー》や抜塞《バッサイ》などがそれぞれ代表的だ。

だが、九門高英が一礼して始めたのは、そういった伝統的な型とはまったく違ったものだった。

四方向に移動しながら、素早いコンビネーション・パンチと蹴りを繰り出す。このときはハイキックも使った。

最後に一回りして正面に戻り、ジャブ、ショベルフック、リードフック、リアストレートという四つのコンビネーションで型を締めくくった。

屋部は落胆した。

型は空手のエッセンスだ。型の研究をおろそかにした空手家が、型は現代の空手にはすでに役に立たないといって、離れていきつつあるという話を屋部は知っていた。

そういった人々は、型をもっと研究すべきだと彼は考えていた。

型は氷だとよく言われる。そのままだと何の役にも立たない。融《と》かして初めて、顔を洗うこともできれば、飲むこともできる。

また、型をコーヒーの豆にたとえた人がいる。やはり、そのままでは役に立たない。ローストして、細かくひき、さらに湯を注いでようやく味わうことができるのだ。

型が役に立たないという空手家は、決まって型のことをほとんど知らないのだ。役に立たないのではなく、本人が利用できないだけだと、屋部は常々思っていた。

また、試合のために、型本来の意味が失われていくのも、情けないと屋部は考えていた。

型競技は、体操のように、審判が上げる得点で決まる。大きな組織は、競技で見栄えがするように、スピーディーでのびのびとした動きに型を変化させてしまうのだ。

その結果、型のなかの不可解な動きやいびつな姿勢はすべて修正されてしまう。

しかし、本来は、その小さく不可解な動作やいびつな姿勢のなかにこそ、多くの裏技や隠し技が含まれているのだ。

屋部は興味をまったく失った。これならばボクシング・ジムかキックボクシングのジムへ行ったほうがいいと考えた。

空手家がまねをするより、はるかに熟練したテクニックを見ることができるはずだ。何といっても、ボクサーたちは、そのテクニックを専門に学び続けているのだ。

屋部が立ち上がった。六尺棒と大きな雑嚢を持って出入口へ向かおうとした。

そのとき、リングから降りてきた九門高英と眼が合った。屋部は目礼して、その場を去ろうとした。

「お待ちなさい」

九門高英が言った。屋部は立ち止まった。稽古生たちは、整理運動を始めていた。

九門高英が屋部長篤に近づいていった。屋部は黙っていた。九門高英はきわめておだやかな態度で言った。

「見たところ、相当に武道をおやりのようですね」

屋部長篤はこたえた。

「はい……。少々……」

「熱心に見学なさっていたようですが、なぜか、わが会派に落胆されたようだ。違いますか?」

屋部は迷った。このまま波風を立てずに去ることもできた。だが、彼は、思ったことを言うことにした。

「あなたは、空手の型というものを理解していないようだ。型の価値を知らない」

「ほう……。型の価値……。それはどのようなものですか?」

「まず第一に、型は演ずることによって、脚力や突きなどの基礎体力を練ることができるようにできている」

「基礎体力はマシーンを使えばもっと効果的につけることができます」

「型の本当の価値は表に現れている動きにあるのではない。沖縄で型を伝えるとき、門外の者に見られても、それとわからぬように、裏技、隠し技を封じ込めてある。それこそが本当の型の価値だ。だから、表面的な動きだけを見て、意味がないと言うのは間違いだ。本当に伝えたい技を、わざとわからないように、表面的な動きの裏にかくして練られたのだからな」

「なるほど……。私が演じた、わが会派の基本型が気に入らなかったのですね」

「気に入らなかった」

「正直なかただ……。では、もう一度、私が型を演じます。ごらんいただきたい。そのあと、もう一度、話をしましょう」

九門高英は、再度リングへ上がった。

4

整理体操をしていた稽古生たちが、いっせいに手を止め、リングの上を見やった。

九門高英は、まず、首里手系流派に広く伝わっている鍛練型であるナイファンチ初段の型を演じ始めた。

移動線は真横一直線だ。しかも、一歩動くだけの地味な型だ。

背刀から猿臂《えんぴ》、下段払いから鉤突《かぎづ》き、移動して横受けと同時に突き、構えを変えて、添え手突き、波返しという足さばきを使って左右への受け――これだけの動作を、左右繰り返すだけの単純な型だ。

だが、屋部長篤はその場に釘《くぎ》づけになったように立ち尽くしている。

彼は、リング上の九門高英を目をむくようにして見つめていた。

九門のナイファンチ初段の型に心底驚いてしまったのだ。空手の実力は、型を見ればすぐにわかる。

屋部はこれまで、これほどのナイファンチ初段を見たことがなかった。一撃一撃は鋭く重く、動きは柔軟で、九門の全身からひしひしと気が伝わってきた。

屋部は言葉もなくリング上を見上げている。九門は続いて、別の型を演じ始めた。

まず、わずかに腰を折り、両方の掌《てのひら》で、大きな円を宙に描いた。

公相君《クーシャンクー》の型だった。さきほどのナイファンチとは対照的に、高度な型だ。

糸洲安恒がこの公相君の型を五つに分け、平安《ピンアン》初段から五段までを作ったといわれている。

公相君の型を、一般的にわかりやすくし、競技用に使いやすくして「観空」と呼ぶ流派もある。

だが、九門高英が演じているのは、屋部長篤が知っているなかでも、最も原型に近い類《たぐい》の公相君だった。

つまり、古流のいびつさが生きているのだ。それは「観空」ではなくまさしく公相君だった。

その型演武もすばらしいものだった。一撃必殺の気合いをもって突きが出され、蹴ったと思った次の瞬間に、身を沈める。

軽々と跳躍したと思うと、あおるように後方を蹴り、着地と同時に、ぴたりと地に伏せる。

飛び後ろ回し蹴りから伏敵の構えという、公相君の最も特徴的な動作だ。

九門は軽々と動き、リング全体が揺れるほど強烈に踏み込んで決めた。

その緩急の差は見事と言うしかなかった。九門が演武を終えるまで、屋部は目を離すことができなかった。

演武を終えると、道場内で溜《た》め息が起こった。屋部には稽古生たちの気持ちがよくわかった。

それは賞讃と誇らしさが入り混じった気持ちだ。彼らは、自分たちの指導者の実力をあらためて見せつけられた思いがしたはずだ。

九門高英がリングを降りて屋部長篤のそばへやってきた。

屋部長篤は九門が離れていったときとまったく同じ恰好で、同じ場所に立っていた。

九門高英は屋部に言った。

「かつて私は少林流系の空手をみっちりと叩き込まれました」

屋部が言った。

「すばらしい型だった。俺はあんなに力強いナイファンチ初段を見たことがない……」

「少しはわが会派に興味を持ってくださいましたか？」

「興味よりも、疑問を持った」

「疑問？　どんな疑問です？」

「あれだけ見事な型を演じるということは、空手の何たるかを熟知していることを意味しているのだと思う」

「そういう自負があります」

「……なのに、あんたはボクシングのテクニックを取り入れている……。その理由がわからない……」

九門は、落ち着き払ってこたえた。

「上達の早さですよ」

「上達の早さ？」

「そう。同じ結果を得るために、どれくらいの期間のトレーニングが必要か、ということです」

「ボクシングのテクニックを取り入れると、上達が早くなるというのか？」

「そういう意味ではありません。例えば、戦って相手をノックアウトするというひとつの結果を目標としましょうか？

空手の一撃で相手をノックアウトできるようになるまで、どれくらいかかるでしょうね？」

「個人差もあるが、一応黒帯になることが目安だとして、約三年というところか？」

「そう。基本から始めて、立ちかた、移動のしかた、受けなどをすべて覚え、それが使えるようになるまでは、まず三年はかかるでしょう。

中国拳法なら、勁《けい》を練ったり、ひたすら功夫《コンフー》を得るための地味な鍛練をするため、おそらく、もっと時間がかかるでしょう。たぶん、空手の三倍の九年はかかると思います」

「しかし、それが本当の威力だ」

九門はかぶりを振った。

「さきほど、戦って相手をノックアウトすること、と目標を限定しました。本物の功夫は確かに他人を驚愕《きょうがく》させるほどの威力がありますが、相手をノックアウトするだけなら必要ありませんよ」

「このボクシングまがいの空手なら、もっと早くそれができるようになるというのか？」

「遅い人でも半年。早ければ三か月でそのテクニックを身につけられます」

「だが、それは本当の強さではない……」

「本当の強さ？　それはどのようなものですか？　何を基準にしているのですか？」

「基準？　そんなものは関係ない」

「私はそうは言っていられない立場なのです。一流派を率いる身なのでね……。そこで、私は、誰もがより早く相手を倒すテクニックを身につけられる武術――それが最も有効な現代の武術だという結論に至ったのです」

「だが、それは付け焼刃に過ぎん」

九門高英はおだやかに笑った。

「試してみますか？」

屋部は驚いた。

「道場破りは何度もやったが、相手のほうから喧嘩を売られたのは初めてだ」

「喧嘩を売っているのではありません。本来の意味の試合――つまり実力の試し合いですよ」

「俺が勝てば、今後、流派は存続できなくなるかもしれんぞ」

「そのときは、石にかじりついてでも、もう一度やり直しますよ。その代わり、私が勝ったときには、こちらの条件を呑《の》んでもらいます」

「何だその条件というのは？」

「わが会派は、今、優秀な指導員をひとりでも多くほしいと考えています。私が勝ったら、あなたにわが会派のテクニックをマスターしていただき、ここの指導員になっていただきます。ゆくゆくは、各地に支部を作りますので、そちらへ行っていただくことになるかもしれませんが……」

屋部は、九門の顔をしげしげと見ていたがやがてうなずいた。

「よかろう」

屋部は道衣に着替えた。灰色に色落ちした黒い空手衣だ。

九門高英は、黒帯の指導者のひとりにボクシングのグローブを二組持ってこさせた。

「俺はグローブなど着ける気はない」

屋部長篤が言うと、九門高英は首を横に振った。

「この道場で試合をするからには、ここのやりかたに従っていただきます。本来ならヘッドギアかスーパーセーフも着けるのですが、その点は譲歩しましょう」

スーパーセーフというのは、ヘッドギアに硬質プラスチックの面を取り付けたような形の顔面防具だ。

屋部長篤は指導員にバンデージを巻かれ、グローブを着けられた。

彼は半分以上九門の術中にはまってしまったことを知った。グローブはあくまで安全のために使用するような印象がある。

だが、ボクシングのテクニックを使えば、グローブを使ったほうがノックアウトする確率は増えるのだ。

グローブはパンチの衝撃をほとんどゆるめない。皮膚が裂けたり、骨が陥没したりするのを防ぐ役に立つ程度だ。

そして、顔面を殴ったとき、脳に与える衝撃は、素手よりもグローブをつけたほうが大きくなるのだ。

これは、グローブをつけた試合を経験した空手家が皆驚く事実のひとつだ。

グローブをつけて顔面を殴られると、痛みは感じないが、そのまま気持ちがよくなって倒れてしまうことが多い。

またグローブをつけて腹部を打たれると、素手で殴られるのとはまったく違う苦しさを感じる。立っていられなくなり、これもまたダウンにつながる。

屋部はグローブによって、テイジクンのおそろしさを封じられた。

逆に九門は得意の得物を手にしたも同然なのだ。

だが屋部長篤は後には引けない。自分だけグローブを外《はず》すのもアンフェアに見えるに違いないと彼は思った。

「試合は、ノックアウトルールです。どこを攻撃してもかまいません。それでいいですね」

九門が言った。屋部はうなずいた。

九門がコーナーに立っている。屋部はそれにならって対角にあるコーナーにもたれていた。普通の空手の試合だと、選手は試合開始線のところに向かい合って立ち、主審の「始め」の声を待つ。

屋部は、まったく勝手が違って戸惑い、あせっていた。

早くいつもの精神状態に戻り、戦いを自分のペースに持っていかなければならないと考えた。

指導員のひとりがゴングを鳴らした。稽古時間はとっくに終わっていたが、誰も帰ろうとしない。

稽古生たちは全員、リングのまわりに集まり、試合にたちまち熱中した。

九門高英は、ゴングと同時に、細かなステップワークを使い始めた。

屋部はいつものように、左右の足幅を肩幅ほどに取り、さらに、左足を左右の足幅と同じくらい引いていた。

そして、やや半身になる。右手右足が前になっている。前になった右足がやや内側を向いている。上地流や少林流系の空手流派に伝わる十三《セーサン》立ちという立ちかただ。

動きやすく、なおかつ、瞬時に突きの威力を発揮しやすい理想的な立ちかただ。

九門が先に仕掛けた。巧みなフットワークで近づき、ジャブの二連打を打ち込んだのだ。

屋部は反射的に一〇センチほど退《さ》がり、上体をそらしたが、ジャブの伸びは屋部の想像以上だった。

見切ったつもりだったが、二発目のジャブを顔面にくらった。素手で殴られるような痛みはないが、頸椎《けいつい》にいやな衝撃が走る。

こうして、パンチをくらっていると、首筋や肩がばりばりに固くなってしまうだろうと屋部は思った。

さらに、リングの床というのはクッションが強く、ボクシングのフットワークに有利にできていることに気がついた。

屋部がひるんだのを見て、九門は、体を左右に振りながら左のリードフックを飛ばしてきた。

屋部は、それをやり過ごした。次の瞬間、右のアッパーが顎《あご》を狙《ねら》ってくる。すれすれでかわす。

さらに左のショートフック。

その九門のショートフックが屋部の顎にかすった。

屋部は、まったくダメージを感じなかったので、間合いを取ろうと、さらに一歩退がった。

後ろに引いた左足の膝にまったく力が入らなかった。屋部は大きくバランスを崩した。すぐそばにロープがあったので、それにつかまった。

ロープがなければ、ダウンを取られ、屋部の負けになるところだった。

これがグローブのおそろしいところだ。九門はおそらく、狙いすまして顎の先端にフックをかすらせたに違いない。

グローブが増幅する衝撃力と、フォロースルーをするパンチ――つまり打ち抜くパンチがこうした効果を生む。脳を激しくゆさぶるのだ。

屋部は打たれたとも感じぬうちに脳震盪《のうしんとう》を起こしたのだ。

屋部は完全に押されっぱなしだった。ロープに詰まった屋部に九門はするすると寄っていき、腎臓《じんぞう》にボディブローを打ち込もうとした。

屋部の動きが一変した。いきなり腰を切り四股《しこ》立ちになると同時に、右拳を、相手の胸に向かって突き出した。

必殺の膻中《だんちゅう》打ちだ。膻中は、中丹田《ちゅうたんでん》とも言われる中段最大のツボだ。体内にいくつかある気のバッテリーのひとつで、ここを強打されるとひどい衝撃を受け、とうてい立ってはいられなくなる。

だが、グローブが、点穴《てんけつ》――つまり、ツボを突くことの効果を無くしていた。点穴は、字のとおり、点のように鋭く固いもので突くほど効果がある。

拳より、指の第二関節を高く出して突くほうが効果があるほどだ。

しかし、グローブをつけていても屋部の鍛え抜いた突きには威力があった。しかもカウンターで決まったのだ。

今度は九門が後方にたたらを踏んだ。

屋部はすでに脳震盪から回復している。九門が退がったところに、上段、中段の突き、さらに下段の回し蹴りと、連続して叩き込む。

いずれも、一撃で相手を倒すつもりのすさまじい攻撃だ。

しかし、九門は、ウィービングとサイドステップで上段・中段の突きをかわし、膝を屋部の蹴り足に向かって突き出し、ローキックをブロックした。

膝ブロックは、ローキックに対する最も有効な防御だ。特に、相手の足首に膝が決まるとそれだけで蹴ったほうの足を痛めることができる。足首は鍛えられないのだ。

すかさず、九門が攻撃に転じた。

コンビネーション・ブローを連続して打ち込んでくる。屋部はめった打ちに合っているように見えた。

しかし、屋部が数々の戦いで養ってきた勝負勘は人並外れている。彼はすでにグローブに慣れ、グローブを利用して、相手のパンチをブロックしていた。

九門がリアストレートを打ってきたとき、屋部は受け流すようにしながら、再びローキックを見舞った。

今度は膝のやや上に決まった。ストレートのフォロースルーの途中だったので、九門は反応できなかったのだ。

一瞬、九門のフットワークが止まる。屋部はそのとたんに、さっと身を沈めた。左足を深く曲げ右足を横に流すように突き出した。

ちょうど、公相君の型の蹴ったあとに身を沈める動きに似ていた。だが公相君の型では横に出す足はまっすぐに張るが、屋部の場合、わずかに曲がっていた。膝の内側と、くるぶしが床についている。

その状態から、その足で九門の足を払った。九門はバランスを崩す。

屋部は、強く床を蹴って宙に舞った。空中で鋭い足刀を繰り出す。

足刀が九門の顔面に決まった。九門はちょうどバランスを崩していたところだったので避けられなかった。

蹴りならばグローブのハンディーは関係ない。そして、屋部は咄嗟《とっさ》に、リングの床のバネを最大限に利用したのだ。

九門はもんどり打って倒れ、しばらく起き上がらなかった。道場内は水を打ったように静かになった。

屋部は全員が襲いかかってくるのを覚悟した。黒帯全員を叩きのめすのは無理かもしれないが、逃げきる自信はあった。

そのとき、九門の明るい声が響いた。

「まいったなあ……。上には上がいるってことだ」

屋部長篤は振り向いた。九門が起き上がりグローブを外した。彼は手を差し出した。

屋部はグローブをつけたまま握手に応じた。

「あなたをわが会派の指導員にするという話はあきらめなくてはならないな……」

屋部はうなずいた。九門の明るい態度で道場内の殺気が消えた。

ふたりはリングを降りた。九門がしみじみ言った。

「僕もたったひとりなら、あなたのような空手を選んだかもしれない。だが、僕は多くの人々に受け入れられる空手を選ばねばならなかった」

屋部が言った。

「あんたのテクニックも効果的であることがよくわかった。よかったら、しばらく滞在して、あんたの会派のテクニックを学んでみたいのだが……」

「あなたほどの腕がありながら……？」

「役に立つものであれば、どんなものでも学んでみたい」

「大歓迎ですよ。さて、そうと決まれば着替えて夕食をいっしょに食べに行きませんか？」

九門高英は、指導員をふたり連れて、市内の焼き肉屋まで屋部を案内した。

座敷に上がり、四人の男はビールをあおり、肉を平らげていった。

武道談議がいつ尽きるともなく続いた。普段、たいへん無口な屋部も、この日はよくしゃべった。

九門は屋部に言った。

「源空会のオープントーナメントはもちろん知っているでしょう？」

「知っている」

「わが会派の名を世間に知らしめるためにも、今年の大会に、僕を始め、指導員の何人かで出場しようと思っているのです」

「あんた自ら……？」

「こういうことは体を張らねば意味がありません」

屋部には九門の気持ちがよくわかった。

「失礼」

屋部はトイレに立った。用を足して、席に戻ろうとしたとき、座敷に放り出してあった新聞の囲みが目に入った。

屋部は、その新聞を手に取り、あらためて見つめた。

「『外交研究委員会』のメンバーへ、連絡を乞う。総理府・陣内」という広告を見つけたのだ。

屋部は、しばし考え、その広告に載っていた番号に電話した。

電話を切り、席に戻ると屋部は言った。

「申し訳ない」

「どうしました？」

「あんたのテクニックを学ぶのは後日あらためて、ということにしたい。どうしても急に東京に戻らなければならなくなった」

5

陳果永《ツエン・クオヨン》は、アメリカのテロリストたちとの戦い以来、厳しい日々を送っていた。

それまで勤めていた新宿のクラブも戦いを機に辞めなければならなかった。

陳果永は、学生ビザで入国し、そのまま日本に居ついて職にありついていた。いわゆる不法就労外国人だった。

そういう外国人に対して、日本の経営者の態度は厳しい。一日無断欠勤しただけでくびになることだってあるのだ。

陳果永は、『外交研究委員会』としての活動と仕事は両立できないことを知っていた。そのまま仕事は辞めてしまった。それしかなかったのだ。

彼は、東京のなかでその日暮らしをしていた。

東京にいさえすれば、食うことや寝る場所にはさほど苦労しなかった。選《え》り好みをしなければ、仕事はある。

特に今は、土木建築関係や、小さな印刷所、町工場などといったところは人手不足だから、経営者は、不法就労だと知っていても、雇ってしまう。

外国人の労働力に頼らなければ、人手不足倒産という事態もあり得るところまで、日本は来ているのだった。

一方で、日本人の若者の就労率は低い。かつて金の卵などと呼ばれた中卒就労者は、今はほとんどいない。

ローマ帝国だな……。

陳果永は思った。

外国から奴隷を連れてきては働かせ、市民たちは贅沢三昧《ぜいたくざんまい》にふける。繁栄の時は短く、滅びの時は早い。陳果永は、中国の歴史を学び、そのことをよく知っていた。

陳果永は新宿の町を歩きながら、思った。町にあふれる着飾った日本の若者たち。彼らが服を泥まみれにしながら働くような時代がまた日本にも必ずやってくるはずだ。また、彼らが毎日、ディスコやカラオケで遊び回れるような世のなかを作ったのは、若い時代に、そうして汗にまみれて働いてきた人々なのだ。

ゲームセンターから出てきた若者たちが、ろくに前も見ずに悪ふざけしながら歩いてきた。

高校生くらいの年ごろだ。一時期、ツッパリなどと呼ばれていた不良少年などはかわいいものだった。

今、陳果永の正面から歩いてくるのは明らかに暴力団の予備軍だ。リーダーらしい少年は、まったく少年らしくなかった。

パンチパーマをかけ、口髭《くちひげ》を生やしている。眉《まゆ》を剃《そ》り落としていたし、かなり額の両側を剃り込んでいる。

彼らはそろって体格がよかった。

リーダーのうしろには、革のジャンパーにサングラスといった恰好の少年がいたが、その少年は、おそらく一八五センチはあった。上半身もしっかり発達している。

他の少年たちは、ソフトスーツを着ていた。着こなしが悪くいかにも安物に見えたが、物騒な感じは確かにした。

陳果永は、そんな連中に関心はなかった。中国にも不良はいる。

だが、最近の日本の不良少年や暴走族は、たやすく暴力団と結びついてしまうようだ。その点が中国などとは違っていた。

すれ違いざまに、少年のひとりが陳に肩をぶつけようとした。

陳はすれすれのところでそれをかわした。肩は触れもしなかった。陳果永はそのまま歩き去ろうとした。

「待てや、こら」

少年たちのひとりが言った。彼らは全部で四人だった。

口調までヤクザをまねている、と陳果永は思った。

陳果永はしかたがなく立ち止まった。振り返ると、三人の少年がゆっくりと、陳果永を取り囲んだ。

パンチパーマに口髭のリーダーは、一歩離れたところに立って成りゆきを眺めている。

貫禄《かんろく》を見せているというわけだ。

陳の右手に、革のジャンパーを着た大柄な少年が立っていた。

正面には、髪の色を抜いたソフトスーツの少年が立っている。左斜め後ろには、やはり下品な感じのソフトスーツを着た少年がいる。

陳はうんざりした。だが、相手をしてやらないことにはこの手の連中はおさまりがつかない。彼は言った。

「何か用か?」

正面の髪を脱色した少年が言った。

「てめえ、中国人か?」

「だったらどうしたというんだ？」

「きたねえナリしやがってよ。気にくわないんだよ。とっとと国に帰りやがれ」

「ほう」

陳果永は言った。「韓国や北朝鮮、そしてわが中国で、第二次大戦中に日本軍がどんなことをしたか知らないわけじゃないでしょうね」

「何言ってやがんだ、てめえ。戦争中のことなんか知るかよ！」

「そうだろうな。だから、俺たち中国人に対してそんなことが言えるんだ」

「関係ねえよ。俺たちはおまえらが気にいらないんだよ」

「正直だな」

実際、日本人がアジアの他の国の人間を見る気持ちは、この少年たちと似たり寄ったりだと陳は考えていた。「つまり、それだけばかだということか？」

「何だと？」

髪を脱色した少年が品なく吠《ほ》えた。「てめえに礼儀ってもんを教えてやる」

「日本人に礼儀を教えたいのはわれわれ中国人のほうだ」

「おい、こっちへ連れて来い」

少年たちは、花園神社そばの人気のない一帯に陳果永を連れて行った。そのあたりは、かつて、小さな酒場が軒を連ねていたところだが、地上げにあって、今は空地となっている。

やはりパンチパーマに口髭の少年がやや離れて立っている。

ソフトスーツを着たふたりが両側から陳をおさえていた。正面に革のジャンパーを着たサングラスの少年が立つ。

陳は一七〇センチ、六〇キロと、どちらかといえばやせ型だ。それに比べ革ジャンパーの少年は、おそろしく大きく見えた。

髪を脱色した少年がうれしそうに言った。

「こいつはな、源空会の黒帯を持ってるんだぜ」

源空会というのは、高田源太郎という天才空手家が一代で作り上げた一大流派だ。フルコンタクト空手の大組織で世界各国に支部を持っている。

「そうかい」

陳果永は言った。「源空会の空手ってのはおさえつけてある相手にしか通用しないのか?」

革のジャンパーの男は、地面に唾《つば》を吐いた。それから、少年らしからぬ嗄《しゃが》れた声で言った。

「そいつを離しな」

陳をつかまえていたふたりは、逆らわなかった。革ジャンパーを着た少年の空手の腕を信じているのだ。

実際、源空会で黒帯を取るのはたいへんなことだと言われている。

陳果永は、ふたりの少年に突き出された。革ジャンパーの少年と向かい合う。

革ジャンパーの男が動いた。体をゆすりながら陳果永に近づいていき、左右の突きを繰り出した。

突きはフック気味で、いずれもあばらを狙っている。源空会の試合では顔面打ちを禁止しているので、こうした突きが発達する。

もちろんパンチ力はあるだろうから、肋骨《ろっこつ》にくらったら、たいへんな衝撃がある。まず横隔膜に直接ショックが伝わり、息ができなくなる。

肋骨が折れることもあるだろう。

陳果永は革ジャンパーの男が突いてきたとたんに、すり抜けるように右腕の外へ逃れていた。

革ジャンパーの男は驚いたようだった。陳果永が、何かの武術をやっていることを肌で感じ取った。

「そんな突きじゃ蠅《はえ》も殺せないぜ。蠅のほうがずっと素早いからな」

陳果永が言う。

革ジャンパーの男は本気になったようだった。用心深く間合いを詰めていき、素早いワンツーから上段回し蹴りにつないだ。

彼の視界から一瞬、陳果永の姿は消え失《う》せたに違いない。

陳は、左の膝を深く折り、さっと身を沈めていた。そのとき、右の足は、横のほうへ伸びていたが、その足は、ちょうど横ずわりをした足をそのまま横に伸ばしたような形になっている。

つまり、膝の内側と、内側のくるぶしが地面についているのだ。

屋部長篤が九門高英を相手に、見せた姿勢とよく似ていた。

陳はその右足をわずかに上げて、少年の軸足を蹴りやった。それだけで、革ジャンパーの少年は見事にひっくり返った。

回し蹴りに対し、カウンターで軸足を蹴ると必ずこうなる。

周囲で見ていた三人は驚いたが手出しはできなかった。革ジャンパーの仲間のプライドを思いやっているのだ。

革ジャンパーの男は、跳ね起きた。

陳果永はさきほどの姿勢のままだ。公相君の型のなかの「下段引き落としの構え」に似ているが、それよりもはるかに素朴な形だった。

片膝を完全に曲げもう片方の足を、相手のほうに流したような姿勢——そんな恰好から反撃できるわけはないと踏んだらしい革ジャンパーの少年は、送り足から前蹴りを繰り出した。

ランニング・キックと呼ばれる強力な蹴りで、少年はまっすぐ陳果永の顔面を狙っていた。

信じられないことに陳果永の顔面の位置がさらに下がった。彼は、完全にあおむけになった。

その上を少年の蹴り足が通過していく。陳果永はその一瞬に、真下から少年の股間《こかん》を蹴り上げた。

くぐもった悲鳴を上げて少年は体を折る。陳はあおむけのまま、左右の足を交互に大きく振った。

その両足の攻撃がすべて少年の顔面を横から打った。サングラスが吹っ飛んだ。

陳が足を振り上げた勢いを利用し、倒立するような形で起き上がった。

そのとき、ゆっくり、革ジャンパーの少年は倒れた。

「何かやってやがるな、てめえ」

髪を脱色した少年が言った。陳果永はこたえた。

「空手の歴史はたかだか六百年。しかもフルコンタクト空手の歴史など三十年ほどにしか過ぎない。中国四千年の歴史をなめてもらっちゃ困るな」

「中国拳法か！」

「その言い方も正しくない。中国では拳法とはいわない。武術《ウーシュー》と言うんだ。滅多に見ることはないだろうから記念に教えてやろう。俺が身につけているのは南派に属する『地術拳《ちじゅつけん》』、別名『犬拳《いぬけん》』だ。中国語では、ティー・スー・チェン、コー・チェンと発音する」

「なめやがって……」

髪を脱色した少年が言った。彼は、陳果永につかみかかろうとした。

その肩をパンチパーマに口髭のリーダーがつかんだ。引っ込んでろという具合にその肩をぐいと引いた。

彼はだぶだぶとした感じの黒っぽいスーツの懐から、白木の鞘《さや》に収まった短刀を取り出した。

一般にドスと呼ばれている暴力団専用の武器だ。

まだ正式な構成員になっていない高校生が組からドスをもらえるわけがない。それは、通信販売か何かで手に入れたものに違いなかった。

しかし、刃物は刃物だ。そのおそろしさに変わりはない。

パンチパーマのリーダーは、ひどく寒々とした眼をしていた。

陳はその眼を見て、この少年が人を刺したことがあるのがすぐにわかった。相手を殺したかどうかまではわかるはずがない。

だが、人を刺したのが一度や二度でないことはわかった。

陳は、心底嫌なものを見た気持ちになった。そして、静かな怒りが心のなかに湧《わ》き上がってきた。

パンチパーマに口髭の少年は短刀を鞘から抜き払った。刀身が青白く光った。

陳はその瞬間に、全く手加減しないことに決めた。

パンチパーマの少年は、両手で短刀を構えている。じりじりと間合いを詰めてきた。

陳はぎりぎりまで待って、半歩引いた。

その瞬間に、パンチパーマの少年は、わめき声を上げながら、突進してきた。本気で刺すつもりであることはすぐにわかった。

陳はそこからは決して退《さ》がらなかった。

中国武術の最高の技は、すべて、攻防が一体になっているといわれる。

陳果永は、わずかに体を開きながら、左手で、少年の両手を受け流した。と同時に、右手を力の限り突き出した。

しかも、ただの拳ではなかった。人差指の第二関節を高く突き出した、たいへん危険な握りだった。

空手では『人指一本拳』と呼ばれ、中国武術では『鳳眼拳《ほうがんけん》』と呼ばれる。

陳果永の突きは、完全なカウンターのタイミングで決まった。

しかも、きわめて強力な『鳳眼拳』の高く突き出た人差指の第二関節の部分が、顔面最大の急所と言われる『人中《じんちゅう》』に決まっていた。

『人中』は、鼻と上唇の間にあるツボだ。

パンチパーマの少年は大きくのけぞった。彼の体はそのまま宙に浮き、彼方《かなた》に弾《はじ》き飛ばされていた。

短刀など放り出していた。

倒れたきり、動こうともしなかった。陳果永は、相手が生きているかどうかだけが気になった。

残ったふたりは凍りついたように動かない。陳は、そのふたりに気を配りながら、パンチパーマの少年に近づいた。

頸動脈《けいどうみゃく》に触れてみる。まだ生きていた。彼が倒れているところから、一メートルほど離れた場所に短刀が落ちていた。

陳果永はその短刀を見たとたん、ひどく腹が立ち、意識のないパンチパーマの少年の腹を蹴った。

陳は短刀を拾いしげしげと見つめていた。いきなり髪を脱色した少年のほうを向いて、手裏剣でも投げるように短刀を投げた。

少年は悲鳴を上げた。短刀は彼の足もとの地面に突き立った。

「今度、俺の目のまえでふざけたことをしたら」

陳果永が言った。「そのときは、本当に殺す」

彼はすぐさまその場を離れた。

正式な組員と喧嘩したわけではないので、暴力団との後腐れは残らないはずだった。

少年たちが一言でも組の名を出したら、組も立場上黙ってはいられなくなるが、そのときは、少年たちも、相当に腹をくくらねばならない。

彼らにはそれほどの度胸はなかったようだ。陳はその点に関してだけは、彼らに感謝した。

ひどく嫌な気分だった。

日本人すべてを呪《のろ》ってやりたい気分だった。新宿歌舞伎町の人混みに戻った陳果永は、このままでは、今度は自分が誰かに喧嘩を売りかねないと思った。

それは最悪の事態を招く恐れがある。つまり、警察沙汰になることだ。

警察につかまるようなことがあれば、すぐに入国管理局に連絡され、国外退去というはめになってしまうに違いない。

陳果永は足早に、新大久保の新アパートに戻った。

風呂もなく、台所は共同、トイレも共同というアパートだ。以前、友人たちと暮らしていたのも同じようなアパートだった。

その友人たちは、台湾マフィアの抗争に巻き込まれて死んでしまった。その友人たちを殺したサブマシンガンや拳銃を台湾マフィアに流したのが、アメリカのテロリストだった。

新大久保は、そういったわけで、陳果永にとっては、ひどい思い出のある土地だが、彼はこの地を離れる気になれなかった。

ここにいるから、あの友人たちの無念さを忘れずにいられるような気がしているのだ。

異国の地で、たいした夢もなく、毎日働きづめで疲れ果て、そして死んでいった中国の友人たちだ。

陳果永は家具らしいものが何もない寒々とした部屋に戻ってきた。感情は昂《たかぶ》ったままだった。

普通、陳果永のような立場の者は、日本の官僚などに知り合いはいない。だが彼は別だった。

陳果永は部屋を出て、廊下に置いてある公衆電話のところに行った。ポケットから新聞の切れ端を取り出す。

陣内が出した広告だ。陳果永は電話した。しばらくして陣内が出ると、彼は言った。

「俺たちがあんたの国でどんな思いをしているか知っているか？　そういう話を聞く耳を持っているというのなら、会ってもいい」

6

毎週水曜日、秋山隆幸は朝から夕方までを御茶ノ水にある母校の大学で過ごすことになっていた。

午前にひとつ、午後にひとつ講義がある。大学構内の風景というのは、その国の文化のバロメーターだという説もあるが、たいていの日本の大学構内は貧弱だった。

だが、秋山は、大学の構内に来ると、故郷へ帰ったような安堵《あんど》感を覚えるのだった。

日本の大学構内が貧弱なのには理由があると秋山は常々考えていた。

第一には日本の土地事情だ。それから政治のありかた。

明治になるまで日本というのは文化的にたいへん豊かな国だった。確かにそれは一部の特権階級が作り出したものであったり、爛熟《らんじゅく》しきった都市の生活が生み出したものであったのかもしれない。

明治になったとたんに、日本は変質してしまった。それまでの日本の文化、つまり、京を中心とする伝統的な文化、堺《さかい》を中心とする自由の気風にあふれ、なおかつ贅沢な文化、そして、江戸の粋《いき》な文化とは、まったく相容れない、薩摩《さつま》、長州の人間が日本を変えてしまった。

秋山は本気でそう考えていた。

明治というのは、日本の文明化の出発点として、常に評価されてきた。

だが、現在に至るまで、あらゆる分野で明治維新政府の歪《ゆが》みのツケが出てきたのだ。

財閥の形成と軍の発言力の増大は日本を軍事国家に押しやり、第二次大戦の敗北をもたらした。

第二次世界大戦では、アメリカが世界で初めて、広島と長崎に核兵器を使用した。今でも、その後遺症に苦しむ人は多い。

また、明治以来の工業化で、いつしか日本は、自分の食べ物を自分で作らなくなった。田畑をつぶし工場を作り続けた。都市の大気は汚染され、河川や近海は公害物質であふれた。

明治になるまで、日本は典型的な農業国だった。江戸は美しい川の町で、舟遊びが庶民の一般的な楽しみだった。

江戸は東洋のベニスと言われるほど、舟による交通網が発達していたが、その河川や運河の水は汚染されてはいなかった。

明治になるまで、日本では、動植物が一種も絶滅したことがなかったといわれている。

大学というのは、その明治以降の、本来日本には馴染《なじ》まない文化に属するものなのだ。歴史や民族学を専門に研究している秋山はそう考えていた。

その背景には、古代からの日本のムラのありかたや、宗教観が影響しているのだ。

明治以降、政府が必死になって導入した西欧文明の根底にはキリスト教文明がある。

これは、日本人には決して理解できないのだ。そして、西欧の人々にしてみれば、なぜ日本人が、契約や公平さや正義といったものをちゃんと理解できないのか不思議がる。

それが当然なのだと秋山は思っていた。

欧米の人々が心のよりどころにしているのは、すべてキリスト教による価値なのだ。明治政府も、キリスト教の精神までは学べなかった。結局、スタイルは西欧風で、その精神は非キリスト教的という、世界で例を見ない近代国家ができ上がった。

それが災いして、日本は今、ＥＣ諸国やアメリカだけでなくＡＳＥＡＮの国々からも批判が集中している。

今日の日本の原点は、すべて明治時代にある――それは秋山が主張するまでもなく明らかな事実だった。

もちろん、政治学者、法学者、医学者、そして経済学者などが、明治維新によるさまざまな大改革を評価しているのはよくわかった。

秋山も、明治維新があやまりだったとは考えていない。日本の歴史や民族史を学ぶ者として、残念なことが多々起こったと考えているに過ぎない。

ともあれ、西欧諸国の大学や図書館というのは、キリスト教の修道院とともに発達したと言っても過言ではない。

その精神を継いでいない日本人が、大学の構内の景観を美しくすることに意義を見《み》出《いだ》すはずがないのだ。

秋山は、いつものように、石坂陽一教授の研究室へ行った。

石坂陽一教授は、学者のイメージを誇張したような風貌《ふうぼう》をしている。つまり、日本の学者には珍しく、実にそれらしい姿形をしているのだ。

頭髪は見事な白髪だ。豊かな口髭をたくわえており、そのブラシのような口髭もまっ白だった。

学生たちの間では、石坂陽一教授はアインシュタインに似ているという評価で、秋山もそれを全面的に認めていた。

出入口のドアを入ると、すぐにテーブルがある。三、四人が向かって腰かけられるほどのテーブルだ。

その向こう側の窓脇に、石坂陽一教授の机があった。教授はいつも、窓を背にする形ですわっている。

逆光になり、その表情がよく見えないことがある。窓は南を向いているのだ。

教授は留守だった。

テーブルに向かって、熱田澪《あつたみお》がすわっていた。

彼女のおかげで、本と資料に埋もれそうなこの殺風景な研究室がいつも華やいだ雰囲気になっていた。

彼女は同じ研究室で民族学を学んでいる大学院生だ。

年齢は二十四歳だが、身長が一五五センチと最近の若者にしては小さいほうだし、顔立ちも小造りなので年より若く見える。

肩まである髪はポニーテイルにしていることが多い。読書や論文を書く邪魔になるからだ。

外を歩くときは髪を解き、ボブヘアーのままにしている。髪には癖がなく、細くしなやかでたいへん美しい光沢がある。

派手な化粧はしないが、いつも上品に身だしなみはととのえている。

「おはようございます」

彼女は言った。

「おはよう。教授は？」

「まだみたいですね」

「研究室の鍵は？」

「教授が、合い鍵をくれたんです」

「何か、まずくないか？　そういうの？」

「どうしてですか？」

熱田澪は、たいへん美しいのだが、少しばかり現実離れしているところがある。民族学の研究などをやっていればそうなるのもおかしくはないと秋山は思っていた。だが、彼女の育ちがそのことに影響しているのも確かなようだった。

詳しく聞いたことはないが、熱田澪の家は、ちょっとした名家で、彼女はいわゆるお嬢さまなのかもしれないと秋山は常々思っていた。

そうでなければ、娘を大学院まで通わせたりはできないだろう。

それに、熱田澪の家には古くからひとつの言い伝えが残っているのだった。言い伝えが残っているほどの家柄ともなれば名家に違いない。

名家が金持ちとは限らないが、その可能性は強い。

そもそも、熱田澪と秋山はその言い伝えがもとで親しく話をするようになったのだった。秋山の家にも、彼女の家に伝わっているものときわめてよく似た伝説が残っていたのだ。

それは『犬神筋』がからんだ伝説だった。一般に『犬神筋』、あるいは『犬神憑《つ》き』

というのは、忌み嫌われている。

中国地方、四国、九州などに分布する伝説で、犬の霊が特定の家に憑いて、その財産を増すために働き、その家以外の者たちに害をなすというものだ。

熱田澪の家に伝わる伝説は次のようなものだった。

澪の先祖に、熱田宗覚《あつたそうがく》という名の武芸者がいた。いつの時代かはわからない。はるかな昔のことだ。

熱田宗覚は、ある日、高貴な人間が飼っている犬から奇妙な拳法を教わる。以来、宗覚は無敵となる。

宗覚は晩年、自分の技を誰かに伝えようと考えた。だが、彼の技はあまりに強力過ぎた。内に向ければ国をたちまちに平定し、外に向ければ国のいかなる危機も救うと言われたほどだった。

そこで、熱田宗覚は、特に人格のすぐれた三人を選び、自分の技を三つに分け、それぞれ別々に伝えた。

その三派がひとつになったとき、国の危機を救うほどの力が再び得られるといわれている。

また、国が危機に瀕《ひん》したとき、天はその三派を集める、ということだった。

秋山の家には、代々拳法が伝わっている。彼はその拳法の免許皆伝を持っているわけだが、秋山家では、拳法とともにその由来も伝えるのだった。

秋山家の先祖はある高貴な家につかえ、多くの犬の世話をしていた。あるとき、たいへん賢い顔をした犬が、いつも世話になっている礼がしたいと申し出た。

秋山の先祖は喜んでそれを受けようと言った。すると、賢そうな犬はこう言った。

「私たち一族は、誰も破ることのできない強力な武術を身につけている。これを伝授しようと思うのだが、そうするとあなたの国に、わが犬の国が滅ぼされてしまうおそれがある。だから、三分の一だけ教えよう」

それから、秋山の先祖は、その犬から夜な夜な武術を習った。ある村人がその様子を見たら、ふたりとも顔は犬で体は人間という『犬神』の姿をしていたという。

それ以来、秋山家では、拳法のことを決して口外しないことになっているということだった。

秋山は、熱田澪と石坂教授以外に、自分が拳法をやっているなどということを話したことはなかった。

だが、今や、内閣情報調査室の陣内や、屋部長篤、陳果永らも知っている。

熱田家に伝わる伝承と、秋山家に伝わる拳法の由来には共通点がある。

まず、犬に深く関わっていること。そして、武術が三つの要素に分けて伝えられたこと。

これは偶然とは考えられなかった。そのためふたりは、これらふたつの伝承は、同一の歴史的事実、あるいは同一の伝説から派生したものと考えた。

石坂陽一教授もその点に興味を持ち助力してくれた。

その結果、ある結論を得た。

この伝説は、タイムスケールが、日本の歴史を飛び越えているかもしれないということだった。

つまり、犬戎《けんじゅう》にまつわる伝承から生まれた伝説だということだった。

犬戎《けんじゅう》は中国西域の異民族のひとつだ。古代中国人が西戎《せいじゅう》とひとまとめに呼んでいた諸民族のなかの一部族で、種族的にはチベット族だ。

春秋戦国時代に犬戎と呼ばれ、唐の時代になると吐蕃《とばん》と呼ばれるようになった。

十世紀に書かれた『旧唐書《くとうじょ》』に、吐蕃の記述がある。吐蕃族は、人に対して礼拝するとき、必ず両手をついて『狗吠《いぬ》え声』をあげ、二度おじぎをすると記されている。

『狗吠え声』は、犬の吠える声だ。

また『唐書』には、さらに詳しく吐蕃の風習が述べられている。吐蕃族は顔に赤土を塗る風習があったと記録されている。

『唐書』の『吐蕃伝』には、王に対する自発的な殉死のことが書かれている。

一方、同じく十世紀に醍醐《だいご》天皇の命によって編纂《へんさん》された法令集である『延喜式《えんぎしき》』の『隼人司条《はやとつかさじょう》』にきわめて興味深い記述がある。

それによると、南九州の先住民族といわれる隼人族は大和朝廷に仕えて、宮廷警護の役割を担っていたとある。

隼人は天皇の即位にあたっては、宮人を吠え声によって案内し、また、天皇の遠路の外出にあっては、道案内をつとめ、道の曲がり角でやはり犬の吠え声を発したと記されている。

また、隼人族は顔に赤土を塗って化粧をすることが知られていた。

隼人が大和朝廷に服従していたという記録は古い。『日本書紀』の『海幸・山幸』の話にまでさかのぼる。

海幸、つまりホスセリが、山幸、つまりホホデミに服従するのだが、『日本書紀』には海幸《ホスセリ》は隼人の祖であると書かれている。これは、大和民族と隼人民族の関係を書いていると考えて間違いない。

また、『日本書紀』には、雄略《ゆうりゃく》天皇を墓に葬ったとき、仕えていた隼人たちは嘆き悲しみ、泣き叫んで食べ物も受けつけず、七日目に全員死んでしまったと書かれている。

つまり、自主的な殉死だ。

西戎——つまり吐蕃と隼人のこの共通点の多さは、すでに同一の民族と考えることができる。

では、犬戎と隼人をつなぐ伝説はないかと秋山たちは探した。そして、『槃瓠《ばんこ》伝説』がそれに当たることに気づいた。

『槃瓠伝説』というのは、中国南部のいわゆる南蛮と呼ばれた種族の始祖伝説だ。『槃瓠伝説』は『後漢書《ごかんじょ》』などいくつかの歴史書に記録されているが、『山海経《せんがいきょう》』という漢時代以前の中国を描いた地理風俗の書に記されたものが、最も原型に近いと考えられている。

昔、槃瓠という名の犬がたいへん手強《てごわ》い西域異民族の王を殺した。それによって帝嚳・高辛氏は美女を妻とすることができた。しかし、槃瓠を飼い馴《な》らすことができず、会稽《かいけい》の東の海中に船を出させ、方三百里の地を与えた。

その後、男の子を生んだところが犬だった。女の子を生んだところたいへんな美人だった。この犬と美女が犬封国を作った——そういった記録だ。

これは、犬をトーテムとする民族が西域を平定したが、高辛氏はその民族と折り合いをつけることができず、ついに、その王一族を遠い島へ追放した、と読むことができる。

ちなみに、槃瓠伝説を持つ蛮族のなかの一種族――つまり槃瓠蛮は、呉・楚《そ》・越といった古代中国の中心的な王朝のうちの、楚の国を作った民族といわれ、犬戎・吐蕃と同種族だったと考えられている。

そして、会稽というのは現在の上海、南京を中心にした一帯だ。

会稽の東方というのは、日本列島の南西部――つまり、琉球諸島から九州にかけてのあたりだ。

もうひとつ重要な事実があった。沖縄の宮古島や与那国島、また奄美《あまみ》の加計呂麻《かけろま》島には、犬と娘が結婚してその子孫が栄える話が伝わっている。

宮古島の住民のなかには、自分は犬の子孫だと現在でも言っている人がいるという。

『山海経』に出てくる、槃瓠が作った『犬封国』、これはそのまま『魏志倭人伝《ぎしわじんでん》』に出てくる『狗奴国《くぬ》』を連想させる。

『魏志倭人伝』によると、倭人は朱丹、つまり赤土を体に塗って飾るとある。これは、隼人の風習と一致する。

当時、九州に広く勢力を誇っていた倭人というのは隼人族だったのかもしれない。

そして、『狗奴国』は、間違いなく隼人の国だったはずだ。

つまり、犬戎・吐蕃は、中国では楚の祖となり、沖縄の数々の島の人々の祖となり、日本にたどりついて隼人となったのだ。

秋山が習った拳法というのは、確かにこの犬戎、あるいは隼人の拳法だ。

彼らがこの結論にたどりついた後、その傍証を得ることになる。

つまり、陳果永の犬拳と屋部長篤のイヌディーだ。

漢民族は犬を蔑《さげす》む。だから、現在では犬拳のことを地術拳と呼んだりする。だが、もともとは犬拳なのだ。

そして、犬拳は、南派武術に属するが、そのなかにあってきわめて特殊だ。

南派の中国武術というのは、たいていは、足をしっかりとふんばり、短打――つまり、短く力強い手技を中心とする。

だが、犬拳は違うのだ。飛び込んで、さっと身を沈めたかと思うと、いきなり立ち、腕を大きく振るような打ち込みもする。

さらに蹴りも多用するし、最大の特色は、地面を転がりながら、足で攻撃するという点だ。

これは、明らかに南派の中国武術らしくはない。つまり、漢民族の拳法とは別系統で、たまたま伝わったのが南方の地域だったに過ぎない。

ではどこから伝わったのか？　西域の犬戎から伝わったのだ。つまり、犬戎の拳法が長い時代を経て、中国南方、沖縄、そして日本の九州南部に伝播《でんぱ》したというのが、熱田澪と秋山の家に残る言い伝えの本当の解釈だったのだ。

「じゃあ、授業だから……」

秋山は書類を持って研究室を出ようとした。

「待って」

熱田澪が顔を上げた。

「何だ？」

「陣内さんが出した広告、見たでしょう？」

秋山は、一瞬、ごまかそうかと思った。しかし、いつまでも嘘《うそ》をついたり、ごまかしたりはできないと考え直した。

「見たよ」

「どうするつもり？」

「もう電話した。明日、会うことになっている」

「そう……」

澪は原稿用紙に眼を戻した。それ以上、何も尋ねようとしなかった。

秋山は彼女の態度が気になり出した。ふと思いついて彼は訊《き》いた。

「まさか、君も、陣内さんに電話したんじゃないだろうな？」

「したわよ。新聞を見てすぐ。明日はたぶん新しいオフィスで顔を合わすことになるわね」

秋山は驚いて、何も言わずにいた。

澪が言った。

「当然でしょ？　あたしだって『外交研究委員会』の一員なんだから」

秋山は、すでに議論が無駄なことに気づいた。

彼は何も言わずドアを閉めて、教室へ向かった。

7

ジャック・ローガンは、自分が秘密の任務を与えられることについて、不思議な思いがしていた。

彼は、米海兵隊に所属していたが、すこぶる乱暴だという以外に、自分にあまり取り柄があるとは思えなかったからだ。

入隊した当時は、体格も大きく力自慢なので、彼は、すべてに対し自信を持っていた。

実際一九五センチ、九〇キロの巨体は筋肉の固まりのようだった。それでいて、彼はきわめて俊敏だった。

海兵隊は、軍隊のなかでも特に猛者《もさ》が集まるので有名だ。喧嘩もよくある。ジャックは喧嘩で負けたことがなかった。

こと喧嘩となると、たちまち頭は冴《さ》え、相手の動きがよく見えた。まるで相手がスローモーションで動いているように感じることさえあった。

当然、格闘術に関しては、彼はすぐれた成績を修めた。

だが、軍隊というのは腕っぷしに自信があるだけではつとまらない。特に、近代戦では兵器の扱いや、電子工学の知識、潜水技術などにも長《た》けていなくてはならない。

残念なことに、ジャック・ローガンは機械がまったく苦手だった。

当然、ジャック・ローガンはいっしょに入隊した仲間から遅れを取ることが多くなっていった。

彼はいつしか、自分は一種の落ちこぼれだと考えるようになっていた。格闘術だけにこだわり、天狗《てんぐ》になるほど愚かではなかった。

だが、格闘術を突破口として、さらに次のステップへ進もうと考えるほど利口でもなかった。

だから、彼が中隊長である少佐に呼ばれて特殊任務に就《つ》いてもらうと言い渡されたときは、悪い冗談かもしれないと疑ったほどだった。

しかも、その内容を聞いたときには、さらに驚いた。彼は、日本のある空手の大会に出場して優勝しなければならないのだという。

それがいったい何の役に立つのかわからなかった。

だが、彼にそれを尋ねる権利はなかった。

中隊長は言った。

「おまえは選ばれたんだ、ジャック」

「その点は光栄に思いますが……」

「格闘術の腕と、その……、思想的な面というか、考えかたというか……」

「おっしゃる意味がよくわかりませんが……」

中隊長は、しばらく考えてから言った。

「軍隊のやることはきれい事だけでは済まない。世の中の暗い部分を担わねばならないこともある。ベトナムではひどかった……。人々はそのために、ベトナム戦争を否定しようとした」

ジャック・ローガンは、少佐のしみじみした語り口に、何か不吉なものを感じた。それで、彼は余計な口をきくのをやめた。黙って話を聞いていた。

少佐の話が続いた。

「さきほどの任務の話にはまだ続きがある。優勝するというのは第一条件だ。問題はその勝ちかただ。圧倒的な勝利でなくてはならない。さらに、だ。相手の選手を、最低でも再起不能にしなければならない」

少佐は一度、言葉を切って続けて言った。

「殺してもかまわん」

「殺す?」

「そうだ。だが、反則では何にもならん。試合に勝ち、なおかつ、相手を痛めつけるんだ。できるか?」

「難しい問題ですね……」

ジャック・ローガンは、その言葉とは裏腹に、頭のなかでその方法をあれこれ模索し始めていた。

　そして、確かに彼はその想像を楽しんでいた。ジャック・ローガンは、その気になればいくらでも残忍になれるのだった。

　その点も、彼が選ばれた理由のひとつだったに違いない。

「難しいとも」

　少佐が言った。「それに、人を殺すというのは、気分のいいもんじゃない」

　ジャック・ローガンは驚いた顔をして言った。

「自分は兵士です。殺すのが仕事ですよ」

「それはそうだが、戦場で戦うのとは訳が違う」

「殺す相手は日本人《ジャップ》なんでしょう？　ならば戦場で敵を殺すのと同じようなものです。日本はわが合衆国に対して敵対行為を取っているようなものです。金という弾丸を次々と撃ち込んで」

　少佐はうなずいた。

「君が選ばれた理由のひとつである思想的な面というのは、そういった意味なのだろうな……。日本人を殺すのを何とも思わんのか？」

「敵を殺すのをためらっていては、軍人はつとまりません」

「よろしい。それでは、君はこれからニューヨークに行って、芹沢猛《せりざわたけし》という名の日本人に会うのだ。住所と電話番号はこのなかの紙に書いてある」

少佐はジャック・ローガンに命令書を入れるための公式の封筒を手渡した。

ローガンは黙って説明を待った。

少佐が言った。

「君が出場するのは、日本でたいへん人気のあるフルコンタクト空手の試合だ。源空会というのがその流派の名だ。源空会が主催するこの大会にはどんな流派の人間も参加できる。たいへん好都合なのだ。そして、これから君が会いに行く芹沢猛という男はかつて源空会にいたのだ」

ローガンはそんな男に会わねばならない理由がわからなかった。

少佐の説明が続いた。

「芹沢と源空会は、何かの確執があり、芹沢は源空会を除名となった。今は、細々《ほそぼそ》と個人の空手道場を営んでいる。だが、芹沢は、かつて、源空会の大会で優勝したことがあり、師範の資格を持っていた。源空会ニューヨーク支部の責任者だったのだ。源空会のテクニックを知り尽くしている」

「必要があるとは思えませんが……」

「何だって？」

「つまり、その男にコーチを頼めというのでしょう。その必要を感じないと申し上げたのです。米海兵隊の格闘術《マーシャルアーツ》は、最高です。日本人の空手などには負けません」

「これはもう決定されたことなのだ。命令なのだよ。芹沢は源空会のテクニックとルールを熟知している。今回の作戦にはその知識がどうしても必要なのだ」

ジャック・ローガンは納得したわけではなかったが、命令と言われては従うしかなかった。

「わかりました」

ローガンは言った。「しかし、芹沢は日本人なのでしょう。私たちに手を貸すでしょうか？」

「段取りはすでにつけてあるということだ。君は会いに行きさえすればいいのだ。何でも、芹沢は源空会をたいへん憎んでいるそうだ」

ローガンは、いったい誰が芹沢のような人物を見つけ出し、段取りをつけたのだろうと訝《いぶか》った。

だが、少佐にそれを質問することは意味がないと考えた。自分は命令に従うだけでいいのだ。

実際、少佐にしたところで、そういうことに関してはまったくわかっていなかった。軍の上層部から命令が下された。

これが、正式な軍の任務でないことを少佐は薄々勘づいていた。しかし、それは彼にとっては関わりのないことだった。命令を拒否する権限はないのだ。

ローガンは少佐の部屋を退出し、すぐさまニューヨークへ発《た》つ準備にかかった。


芹沢猛はブロンクスにあるビルの一階で、黙々とベンチプレスを行なっていた。

このビルは、すでに取り壊されることが決まっている。ニューヨークの再開発は進み、地価は上がった。

崩れかけたビルがいつまでも放ったらかしにされているような時代ではなくなっているのだ。

このビルの一階は、何かの商店だったらしく、広いスペースがある。二階から上は、狭いオフィス用の部屋が並んでいる。

芹沢猛は取り壊されるまで、という条件つきでこのフロアを借りていた。床は固い板張りだ。コンクリートの上に直接板を張りつけてあるらしく、クッションがまるでない。

だが、芹沢が道場を持とうと思ったら、これ以上の条件など望めなかった。広い場所があり、雨風がしのげるだけでありがたいと思わねばならないのだ。

芹沢は、そのフロアに、トレーニング用の機具を運び込み、何とかサンドバッグを吊《つ》るした。

トレーニング用の機具といっても、最新式のマシーンなどではない。横になるためのベンチと、バーベル、ダンベル、鉄唖鈴《てつあれい》などがあるに過ぎない。

しかも、それらのすべてに錆《さび》が浮いていた。だが、それは充分に役に立った。

芹沢猛は四十五歳になるが、筋力トレーニングやロードワーク、そして、激しい空手の稽古を続けているおかげで、すばらしい肉体と体力を維持していた。

日が暮れてきたので、芹沢は自分のトレーニングをやめた。スイッチを入れると、蛍光灯が点《とも》った。

このビルにまだ電気が通っているのは奇跡のようなものだった。それも、源空会時代に彼に心酔した有力な不動産屋の弟子がいたからだった。

このフロアを借りられたのもその弟子のおかげだった。今、芹沢カラテ・スクールで最年長の弟子がその不動産業者だった。

七時になると、門弟が集まり始めた。門弟といっても全部で十名に満たない。いずれも芹沢が源空会を破門になったとき、彼についてきた弟子だ。

おのおのが、ストレッチングを行ない、アップを始める。

七時半に、芹沢の指導による稽古が始まった。

突き、蹴り、上段、中段、下段のそれぞれの受けを、汗が流れ出すまで繰り返す。

基本の練習は、何より繰り返すことが大切なのだ。

追い突き、追い蹴りといった移動稽古を済ませると全員、汗びっしょりになる。

そのあと、芹沢は、型の練習に入った。型はおろそかにせず、丁寧に教える。源空会を出てからの最大の変化はその点だった。


ジャック・ローガンは、芹沢がウエイト・トレーニングをしているころから、ずっとこの粗末な道場のなかを眺めていた。

彼は、命令を受けるとすみやかにニューヨークへ向けて出発し、その日の三時にはラ・ガーディア空港に着いていた。

命令書のなかには、週極《ぎ》めのホテルの住所も書いてあった。すでに料金は一か月先まで払い込まれているということだった。

ローガンは、まずそのホテルの部屋に荷を置き、すぐに芹沢カラテ・スクールへと赴いたのだ。

ホテルに一か月分の料金が仕払われているということは、それくらいの間は芹沢について練習しなければならないということだった。

だが、ジャック・ローガンは、芹沢が型を指導し始めたのを見て、苦笑してつぶやいた。

「旧式だな……」

とたんに芹沢がローガンのほうを向いたのでローガンはびっくりした。ローガンの声は芹沢のところまで届くはずはないのだ。

芹沢が近づいてきた。彼はローガンの眼をまっすぐに見て言った。

「何か用か?」

ローガンが一九五センチ、芹沢は一七八センチなので、芹沢はローガンを見上げる形になる。

それだけの体格差がありながら芹沢はひるんだり恐れたりといった態度を見せなかった。それがローガンの気にさわった。

ローガンは素直に名乗る気をなくした。

「別に……」

　彼は言った。

「ずいぶん長い間、この道場をのぞいていたようだが……」

「失業して暇だったもんでね。知ってるだろう。今、アメリカは、あんたら日本人のせいで失業者がいっぱいだ」

「笑ったのはなぜだ？」

「笑った……？」

　ローガンはまた驚いた。芹沢がローガンのほうを向いていたようには見えなかったのだ。

「そう。君は私たちの稽古を見て笑った」

「どうしてそんなことがわかるんだ？　俺のほうを見ていたわけじゃないだろう？」

「君がそこに立ったときから、呼吸を探っていた」

「呼吸を……」

「そう。闘いのためには必要なことだ」

　ジャック・ローガンは、はったりだと思った。

　確かに格闘のとき、相手の呼吸を測るのは大切だ。格闘術のエキスパートだけにそれはよくわかっている。

だが、呼吸を読むなどというのはすぐ近くで向かい合っているからできるのだ、と
ローガンは思った。彼は思ったとおりのことを言った。

「あんたはずいぶんと離れたところにいて、しかも俺のほうを見ていなかった。呼吸など読めるはずがない。はったりだ」

「見なくてもわかる。気を感じ取っていた」

芹沢は気をLife Energyと訳していた。

ローガンは、さきほどと同様の嘲笑《ちょうしょう》を浮かべた。

「そういう神秘主義的な言葉で東洋人が俺たちを煙《けむ》に巻ける時代は、もう過ぎ去ったんだよ。特に格闘術の世界ではな」

「神秘主義などではない。私は実践的なものだと考えている」

ローガンは再度、鼻で笑った。

「確かに俺は笑った。それは、あんたが、いまだに型なんかを教えているからだ。あれはダンスのようなものだ。話してみてその理由がわかった。日本の伝統を押しつけて、本質をごまかしているからだ」

「本質?」

ローガンは拳を作って芹沢の目のまえに突き出した。

「そう。パワーとスピード、そしてテクニックだ。気だの呼吸だのは、実際の格闘には関係ない」

芹沢は表情を変えない。淡々とした調子で言った。

「試してみるかね？」

「誰とやらせる気だ？　あの黒人か？　彼なら、いい勝負になるかもしれない。ウエイトがありそうだ。だが、結局、俺が勝つ」

芹沢は首を横に振った。

「私が相手をする」

「あんたが？」

「そうだ。芹沢空手の威力は、私自身が証明することにしている」

ローガンはもちろん空手の道衣など持ってはいなかった。上着を脱いで、ジーパンとTシャツという姿になる。

空手衣姿の芹沢が彼と向かい合った。

「さあ、始めよう」

芹沢が言った。「いつでもかかってきていい」

ローガンは、芹沢と向かい合ってもどうもやる気が起きずにいた。

ローガンは一九五センチ、九〇キロ。一方、芹沢は一七八センチ、八〇キロしかない。日本人としては体格がいいほうだが、ローガンとはウエイトもリーチも違い過ぎる。

さらに、芹沢はローガンよりも十五歳も年齢が上だ。いくら鍛えているとはいえ、
筋力も持久力も四十歳を過ぎれば衰えるはずだった。

ローガンは、実戦的に低く構えていた。
棒立ちのアップライトスタイルが、フルコンタクト系空手の一般的な構えだが、実
戦では、多くの急所を守るために、両手は顔面から胸にかけてをしっかり守るように、
やや低目に持ってくるのがいい。
スタンスは、左右、前後の幅がちょうど同じくらいがいい。その幅の目安は肩幅だ。
ローガンは自信に満ちていた。うかつに自分から手を出すことはない――彼はそう
考えていた。
「来い」という言葉に惑わされて、先に手を出して、カウンターをくらったり、逆関
節を取られたりというのはよくあることだ。

じりじりと芹沢が間を詰めてきた。ある瞬間、ローガンは、はっとした。見えない力で押されたように感じたのだ。

ローガンは、思わず、バックステップしていた。芹沢がにやりと笑った。

その笑いがローガンを刺激した。

かまうものか――ローガンは思った。

ウエイトも体力もこちらが上なんだ。

ローガンは、すばらしいダッシュを見せた。一発目は、芹沢のガードの左手を狙った。二発目が顔面への右フック、左のボディブローへとつないだ。

さらにローガンは、叩きつけるようなローキックでとどめを刺そうとした。

だが、ローガンの見事な攻撃はすべて巧みにブロックされていた。

芹沢は最後のローキックに向かって、膝を突き出し、一歩踏み出した。ローキックもブロックされた。

芹沢の口から、鋭く短い呼気の音が洩《も》れた。芹沢は、膝を充分に曲げ、腰を思いきりひねり、左右の突きを、膻中《だんちゅう》に叩き込んだ。

二連打。それで終わりだった。

ローガンは、糸が切れたマリオネットのようにその場に崩れ落ちた。

ローガンは、道場の隅で意識を取り戻した。稽古はまだ続いている。起き上がろうとしてローガンは思わずうめいた。胸の中央に、重苦しい痛みがある。

組手稽古をしていた。型の練習をしていた連中とは思えないほどの過激な組手だった。顔面攻撃、金的《きんてき》攻撃も禁じていないようだ。しかも、防具は一切つけていない。

だが、顔面にパンチをもらう者や、金的に蹴りを食らう者はひとりもいなかった。攻撃は過激だが、身のこなしや防御によって組手全体は安全なものに見えた。

芹沢がやってきた。

「気がついたか」

「俺はどのくらい寝ていた？」

「なに、ほんの十五分ほどだ」

「何をやったんだ？」

「あれが本当の空手の突きだ」

「空手の突き？」

「ただのパンチではない。気と、体のうねりを最大限に利用する」

「それを学べば、源空会の大会で優勝できるか？」

芹沢は、かすかに笑った。

「なるほど、君が選ばれた男だったのか」

ローガンはうなずいた。

「ジャック・ローガン。海兵隊に所属している」

芹沢の穏やかだった顔に、別人のような険が浮かんだ。

「安心しなさい。間違いなく優勝させてやる」

「優勝するだけではだめだということも知っているのだろうな？」

「知っている。源空会が売り物にしている過激さ――そいつがやつらの命取りになるのだ」

翌日から毎日、ローガンへの特別コーチが始まることになった。

8

新しい『外交研究委員会』のオフィスは、南青山の骨董《こっとう》通りを麻布方面に向かって右に折れた路地に面したマンションの一室にあった。

レンガを模した壁面の高級そうなマンションだった。部屋はその四階にある。

部屋はワンルームで、事務机が四つに電話がひとつ、ファクシミリが一台、コピー機が一台あった。

また部屋の隅には小さな応接セットが置かれていた。

秋山がその部屋に着いたとき、すでに屋部長篤と陳果永が来ていた。

秋山は、彼らに会って、自分で驚くほど深い感慨を覚えた。だが彼はそれを表には出さなかった。特に、このふたりを相手にしたとき、そういった態度はたいへん気恥ずかしく思えたのだ。

「よう、教授」

陳果永が言った。「あんたにまた会えるとは思っていなかったな」

秋山は苦笑した。

「まだ講師だよ」

屋部長篤を見ると、彼は黙ってうなずきかけてきた。

それは、屋部の精いっぱいの親しさの表現であることを秋山は知っている。

陳果永が屋部を指差して言った。

「見てよ、このダンナ。ずいぶんとこざっぱりしちゃって……。初めて会ったときの恰好ったらなかったんだぜ」

「僕が会ったときには、こんな感じだったが……」

次に部屋に入って来たのは熱田澪だった。

屋部はかすかに眉をひそめ、陳果永は目を丸くして見せた。

陳果永は秋山のほうを見て言った。

「呼び出しに恋人同伴で応じたってわけか？」

「そんなんじゃないさ。僕たちはそういう関係じゃない。彼女は僕の知らないあいだに陣内氏に電話をしたんだ」

「それで、陣内は今度も彼女が必要だと考えたわけだ」

「そうよ」

熱田澪はうなずいた。「前回の戦いにはあたしも参加したんですからね」

「専従の連絡要員は必要だ。そして、俺たちのことを知っている人間は少ないほどいい」

屋部長篤が言った。

陳果永もわずかの間、考えてから言った。

「屋部の言うことも、もっともだ。陣内もそのつもりなんだろう」

そこへ陣内がやってきた。

いつものように、眠たげな半眼をしている。彼は久し振りの再会にもかかわらず、いつも顔を合わせている同僚に会ったような挨拶をした。

「おはようございます。皆さん、おそろいのようですね」

「内閣情報調査室の陣内次長」

陳果永は呼びかけた。「今度は俺たちに何をやらせる気だ?」

陣内は穏やかな動作で陳果永のほうを見た。目は相変わらず半眼のままだ。

「同窓会をやろうと思った、などと言ったところで通用せんでしょうな?」

「通用しない」

「まあ、お好きなところに腰掛けてください。台所にはコーヒーをいれる設備もあるはずです」

熱田澪は、コーヒーをいれに台所に向かった。

秋山は四つの机のうち、いちばん入口近くにあるものの椅子に腰を降ろした。

陳と屋部は、応接セットのソファに、テーブルをはさんで腰掛けた。

陣内は窓に近い机の椅子にすわった。

陣内は話し始めた。

「前回、初の試みではありましたが、『外交研究委員会』の協力はたいへん効果がありました」

「協力じゃなくて、徴用というんじゃないの？　ああいうの」

陳果永が言った。陣内はあくまでも穏やかに言い返した。

「強制したわけではないと思いますが……。今の日本国政府には、いかなる機関にも一般の国民を徴用する権利はないのですよ」

陳果永は、自分が陣内のために働く決心をした動機を思い出した。ふたりの同胞の死。彼は、沈んだ表情になって言った。

「わかったよ」

「危機管理対策室と内閣情報調査室、そして外務省は、『外交研究委員会』の有効性を認め、常設の機関にしてはどうかと考えたわけです」

「外務省？」

秋山が訊き返す。

「そう。外務省に情報調査局という部署がありまして、今後はそこも一枚嚙《か》むことになりました。その点については、後ほどお話しいたします」

「『外交研究委員会』――つまり、僕たちを常設機関にするということは、対諜報戦《カウンター・インテリジェンス》の組織を常設するということですか？」

秋山が尋ねた。

驚いたことに、陣内はそれを否定しなかった。

「実質的にはそういうことになりますね。しかし、以前も申したとおり、あなたがたは孤立無援なわけではありません。危機管理対策室、内閣情報調査室、自衛隊陸幕調査部、そして、外務省などが、情報収集に関しては全面的にバックアップします」

陳果永が言う。

「俺をこの事務所に縛りつけておこうってのかい。そいつは願い下げだ」

「俺もそうだ」

屋部長篤も言った。

「その点に関しては、僕も同じですよ。僕には大学の仕事もありますし、歴史民族研究所にも顔を出さなくてはなりません」

そのとき、熱田澪が人数分のコーヒーを運んできた。

秋山は、彼女の代わりに言った。

「この熱田澪くんもそうです。彼女はまだ大学院生ですが、担当教授の研究所で実質的なアシスタント役をやっています」

「石坂陽一教授ですね」

「そうです」

陣内は一同をゆっくり見回した。

澪は秋山の隣りの席に腰を降ろした。陳果永がコーヒーを一口すすり、わずかに顔をしかめた。

陣内にはその理由がすぐにわかった。陳果永にとっては、コーヒーよりも茶のほうがありがたいのだ。

陣内は言った。

「皆さんの拒否反応があることは充分に予想していましたし、また皆さんが、このオフィスに常駐することを強制するのは不可能に等しいことも心得ています」

「じゃあ、どうして俺たちを呼び集めたのだ？」

陳果永が訊いた。

「この事務所は常設にすること、そして、皆さんにはいつでも連絡がつけられるようにしておきたいこと――。それを確認したかったのです」

「どうやって？　ポケットベルでも持たせるつもりかい？」

陳果永が言う。陳果永の口調は小ばかにしたようなものだったが、陣内は平然と言った。

「それが、現段階では最も実情に合っていると思いますね」

陣内はポケットから、クレジットカード大で薄型のポケットベルを取り出した。それは四枚あった。

「そんなものを本気で持たせようというのか？」

屋部長篤が言った。

「本気ですよ」

「俺はあんたの飼い犬じゃない」

「そう」

陳果永が言った。「みんな犬にまつわる武術を身につけてはいるがね」

陣内は譲らなかった。

「お持ちいただくだけでいいのですよ。呼び出しがあっても、その気がなければ応じなければいい。だが、考えてみてください。このポケットベルの呼び出しは、屋部さんにとっては、他では体験のできない実戦の場への招待ということになります。また、秋山さんにとっては、目覚めた冒険心を満たす世界への入口となります」

秋山は驚いた。

確かに、一度の戦いで、秋山は変わった。冒険や戦いへの欲求が目覚めたのだ。それはもちろん恐怖や不安を伴っていた。しかし、だからこそ、彼にとっては新鮮であり、魅力的だったのだ。

だが、その気持ちを他人に話したことは一度もない。

陣内に、心を読まれているような気がしたのだ。

陳果永が言った。

「俺には何の利点もないね。俺は外国人労働者に対する日本人の扱いが気にくわなくて、政府の人間に文句を言いたかった。それでここへ来たんだ」

「あなたにとっての利点は、まさにその点ですよ」

陣内が言う。

「どの点だ？」

「あなたは日本政府の外郭団体に雇われることになります」

「だが、どうせ俺たちの身分は秘密にされるのだろう。いわば、雇われエージェントだからな」

「でも金にはなります。外国人労働者で、特殊技能を生かし、大金を得ている者はごくわずかなはずです」

「特殊技能？　犬拳のことか？」

ている。

「もちろん」

陳は陣内をしばらく見つめていた。陣内はまったく表情を変えずに陳果永を見返している。

やがて陳果永は笑い、言った。

「仕事としては悪くないということだ。不法就労外国人としてはあまり大きな口を叩けないからな……」

陣内は秋山と澪のほうを向いて言った。

「ここに澪さんがおられないときは、私のところから、直接ポケットベルで皆さんを呼び出すこともできます。でも、基本的な連絡は私と澪さんの間で行なうようにします」

しばらく何事か考えているふうだった秋山が尋ねた。

「やりかたが少々強引だな……。何かあったのですか?」

陣内は秋山を見てうなずいた。

「外務省がからんできたことと関係があるのですがね……。ご存じのとおり、日米経済戦争などと呼ばれていた日米関係は、新しい段階に入りました。前回、三人のテロリストは、日本の腐敗した部分をさらにふくらませ、内部から国をむしばんでいく作戦を立てていました」

「それを、俺たちが追い払った」

陳果永が言う。

「そうです。ですが、日米両国にとって、これが好ましい状態でないことは明らかです。実を言うと、アメリカのいったい何者がテロリストを送り込んできたのかわからなかったわけです。そのため日米双方とも対処できずにいたのですが……」

「アメリカ政府じゃないんですか？」

「当初は私たちも、そう考えていました。政府といっても、さまざまな組織が入り組んでいるのですからね……。しかし、そこへ外務省がねじ込んできて、断じてそんなことは有り得ないと主張したのです。そう言い張ったのは北米局の連中なんですがね……」

「北米局？」

秋山が訊き返す。

「はい。カナダとアメリカ合衆国についての情報収集・分析を行なっている部署です。彼らは、こう言いました。アメリカ国内には確かに、日本に対する反感が増加している。最大の問題は貿易などの経済問題だが、その裏には人種的な偏見もある。しかし、最大の問題である経済が日本とアメリカを離れ難い関係にしている。かつて、日本が、アメリカなしでは生きていけなかったように、アメリカは今、日本なしでは生きていけないのだ――」

「正論だと思いますね」

秋山が言う。

「正論であるし、事実そうなのです。アメリカ政府は、今後さらに日本との関係を密接にしようとするでしょう」

「待てよ」

陳果永が言った。「俺たちは政治家の演説を聞きに来たんじゃない。要するに、テロリストを送り込んだのはアメリカ政府の機関じゃないということなんだな？」

「そうです。米政府に影響力があることは調査の結果わかっていますが、政府自体ではあり得ないというのが、外務省北米局の結論で、危機管理対策室と内閣情報調査室もそれを受け入れました」

「米政府に影響力がある、ですって……。日本の保守政党の長老政治じゃあるまいし」

秋山が言った。「そんなことが、あのアメリカで可能なのですか？」

「どこの国だって特権階級はいるものなのですよ」

「特権階級？」

　陳果永が訊き返す。「つまり、そいつらが俺たちの敵というわけか？」

「アメリカの情報関係機関のひとつが、ある秘密結社の存在をつきとめました。しかし、その連中に手を伸ばすことはできませんでした。メンバーの正体もまだつかんではいません」

「では、その連中が送り込んでくる敵と、戦い続けろというわけですか？」

　秋山があきれたように言う。「元を断たなきゃきりがありませんよ」

「もちろん、その努力はします。それは、君たちの役割ではありません。むしろ、私などの役割です」

「つまり、僕たちは現場仕事のみに徹すればいいと……？」

「正直に言うとそういうことですね」

「いいじゃないか」

　陳果永は言った。「雇われエージェントなんてそんなものだ。余計なことは知らんほうがいい」

「だが、何もわからんで戦うのはいやだ」

秋山は陳果永に言ってから、陣内のほうを向いた。

「その秘密結社というのは、どんなものなのですか？　どの程度のことがわかっているのですか？」

「さきほども言ったように、メンバーについてはまったく不明です。ですが、かなりの特権階級に属する人々によって構成されているのは確かなようです。米国政府は、その秘密結社の犯罪性を暴《あば》き、立証すべく努力することを、内密に日本政府に確約してくれています」

「日本からテロリストを送り込んで、その連中を消しちまったほうが早いんじゃないの？」

陳果永は言った。陣内は、変わらずに眠たげな表情で言った。

「その秘密結社が狙っているのは、まさに、そういった日本人の過激な反応なのですよ。それは彼らに、口実を与えることになります」

「口実？　いったい、どんな口実だ？」

「例えば軍事力による日本封鎖。あるいは、実力による日本の経済活動への介入」

「なるほどね……」

陳果永は陣内を見つめながらゆっくりとうなずいた。

秋山は油断なく言った。

「でも、そういった目的は米国議会や米国政府の本心に合致しているような気がするのですが……。米国政府は本気でその秘密結社を摘発するとは思えませんね」

陣内は何を考えているかわからない半眼のままだったが、きっぱりとした口調で言った。

「それが、誤解なのです」

「誤解？」

「そうです。例えば、こういう調査結果があります。アメリカの上院・下院両方の議員全員を対象に調査したものなのですがね。確かに、日米が対立する要因はあり、それは貿易だとする声が九十四パーセントにも達しました。一方で、日米の友好関係の維持はきわめて重要、と考えている議員が八十七パーセントにも及んでいるのです。これは、ある新聞社がジョージ・ワシントン大学コミュニケーション研究所と共同で調査したものなのですがね……。

また、副大統領が、日本の新聞のインタビューにこたえて、日本はアメリカと対等のグローバル・パワーであり、より良好な日米関係が不可欠だと語りました。われわれはこれらの調査結果や発言を信じますね」

「都合のいい点ばかりを見ているような気がしますが……？」

「逆ですよ。マスコミは、日米関係がどんどん悪化しているような錯覚を起こすのに協力しているとさえ言えます。つまり、日本国民は悪い点ばかりを強調して見せられているのですよ」

誰も発言しなかった。

陣内は、会談が終了したことを知った。彼は言った。

「では、私は引き上げることにします」

「当面、俺たちはどうすればいいんだ？」

屋部長篤が尋ねる。

「ポケットベルが鳴り出すまでは自由ですよ」

陣内は出て行った。

机の上に四枚のカード型ポケットベルが残った。

秋山、屋部、陳はそのポケットベルと、互いの顔を見比べていた。

やがて陳果永が言った。

「俺には断わる理由が見つからない。いい金になればそれでいい」

彼は手を伸ばしてポケットベルを取り、シャツの胸ポケットに収めた。

屋部も無言でポケットベルを手にした。

秋山はふたりを見て言った。

「ま、俺たちはどうせ犬神の一族だ。鎖につながれてもしかたがないな」

秋山もポケットベルを取った。最後に澪が手を伸ばした。

9

総理府の六階にある、内閣情報調査室の大広間に戻った陣内平吉は、すぐに室長の石倉良一に呼ばれた。

陣内は、のんびりと部屋を横切り、室長室のドアをノックした。そして、返事があるまえにさっとドアを開けた。

これは、前の内閣情報調査室長で、陣内の直属の上司だった下条泰彦の時代からの習慣だった。

下条泰彦は現在、首相官邸内にある危機管理対策室の室長になっている。

石倉良一は陣内のこの習慣を快く思ってはいなかった。だが、顔をしかめて見せる程度の抗議しかできない。

「お呼びですか？」

「ああ……。ドアを閉めてくれ」

陣内は言われたとおりにした。石倉良一はワープロで打たれ、ファイルされた書類を机の上に出し、陣内のほうに向かって滑らせた。

「失礼します」

陣内はそのファイルを手に取り、ページを繰っていった。

石倉良一室長は言った。

「あとでゆっくり読みたまえ。外務省の情報調査局から届いた新しい報告書だ」

「わかりました」

陣内はファイルを閉じた。「しかし、外務省に対する窓口役の室員がいるはずです。そして、その室員のところへ来た書類は室長のところへ行くまえに、必ず私のところを通るはずです。室長から、見たこともない書類を手渡されるというのは、どういうわけなのでしょう？」

石倉室長は、かすかにうれしそうな顔になって言う。

「蛇《じゃ》の道はヘビってね……。正規のルートでは入らないような情報も、私のところになら入ってくるわけだ」

石倉良一は外務省からの出向官吏だった。内閣情報調査室には、外務省や警察庁からの出向者が多い。

陣内も警察庁から警視の位のまま出向しているのだった。

石倉良一は、内閣情報調査室長になってから、いいことなどひとつもなかったと考えていた。

事実上の室長は陣内平吉次長だと言ってもいい。陣内は、見かけは切れ者のようには見えないが、それが曲者《くせもの》だった。

陣内の評価・分析の能力はずば抜けていた。そして、彼の頭の回転はきわめて早く、集中力はすばらしかった。

室員たちは皆そのことを充分に知っていた。陣内は、確かにそつなく物事をこなしていくタイプではない。

だが、部下たちは全員陣内を信頼していた。陣内が出した命令は、それがたとえ、お茶をくれ、といった類のものでも最優先されることが、いつしか室員たちの暗黙の了解事項になっているのだった。

今回、外務省の北米局が、危機管理対策室と、内閣情報調査室にクレームをつけ、外務省情報調査局が無理やり割り込んできたことで、石倉はようやく自分の仕事が見つかった気がした。

彼は、昔の人脈を最大限に利用して、正規に入ってくるもの以外の情報をかき集めていた。

ほとんどは、取るに足らない情報であり、秘密めいた態度でファイルを渡されるたびに、陣内は失笑しそうになるのを抑えるのだった。

これは、石倉室長のデモンストレーションに過ぎないのだ。

だが、こういう日常のセレモニーも必要なことだ、と陣内は考えていた。

陣内は自分の資質をよく心得ている。彼は自分はトップに立つ人間ではなく、参謀役が最も適していることを熟知しているのだ。

陣内は、席に戻り、今しがた手渡されたファイルにざっと目を通した。

石倉室長にこの手のファイルをもらうたびに思うのだった。いったい、こんな細々《こまごま》としたネタをどこで拾ってくるのだろう、と。

在外大使館の外交官は、外交官補に始まり、三等書記官、二等書記官、一等書記官、参事官、公使、特命全権大使——以上の七階級に分かれている。

それぞれが、公式のパーティーの席上で、また、ホームパーティーの合い間に、あるいは酒場で一杯やっているようなときに小耳にはさむのだろう。石倉はそうした情報を吸い上げるチャンネルを持っているらしい。

陣内は渡されるファイルを部下に手渡して保管しておけ、とだけ言うのが常だった。

だが、今回、陣内は、報告書をめくる手を初めて止めた。

陣内の洞察力は鋭い。さらに、彼はいつどんな場合でも必要なものは見逃さない。

彼はまた、自分をごまかさない。自分の能力を信じているのだ。

自分が気になったことというのは、必ず何かの意味があるのだと彼は考えている。

それは本人にとって意味があるということではなく、彼の仕事に必ずや結びついてくるものに違いないという意味だ。

そのとき、陣内が気になったのは、軍関係の情報だった。

これまで、軍に関する情報というのは一度も外務省から入ってきたことはなかった。

まず、その点で気になった。

そしてその内容が奇妙だったので、陣内の心にひっかかったのだった。

陸海空軍および海兵隊のなかから、素手による格闘術に長《た》けた者を選び出そうとしている人物、あるいは組織があるように思われる――そういった内容だった。

「あん……？」

陣内は思わずそんな言葉を出していた。

周囲の部下が顔を上げて陣内を見た。陣内は、椅子にもたれかかり、足を組んで、室長から受け取ったばかりの報告書のあるページを見つめている。

あまり行儀のいい恰好とはいえなかった。

部下たちは陣内のこの奇妙な態度には慣れっこだった。

陣内は集中力が強いせいか、考えごとを始めると、他人が周囲にいることを忘れてしまったかのような態度を取ることがしばしばある。

部下のひとりが、無視されるのを覚悟の上で陣内に声をかけた。

「どうしました、次長」

実際、考えごとをしているときの陣内は、他人の声が耳に入らないことが多いのだ。

だが、このときは、陣内はその部下のほうを向いた。さらに、報告書を差し出し、読んでいたページを差し示した。

「ここを読んでくれ」

その部下は立ち上がり、ファイルを受け取ると、そこを読み始めた。

その男の他にも三人の室員が立ち上がり集まってきた。報告書は、彼ら四人によって回し読みされた。

「どう思うね？」

陣内は報告書を読んだ四人に尋ねた。

「何かのコンテスト・マッチでもやるんじゃないですか？」

ひとりが言った。「アメリカ人はお祭り事が好きですからね」

別の男が言う。

「警視庁でも、署対抗の柔道・剣道大会をやってるじゃないですか。それに、湾岸戦争以来、国内で軍の評価も上がってますからね。デモンストレーションでもやろうというところじゃないですか？」

「しかし、この報告書を読む限りでは、軍が代表を送り出すのではなく、何者かが軍から代表を探し出しているような感じだぞ」

陣内が言った。三人目の男がこたえた。

「そうですね……。でも、これだけの文脈では……。軍のOB連中といったところが音頭を取るようなことだってあるでしょう。すでに退役しているけれど、公式のパーティーには軍服に将軍の階級章や勲章をつけて出席するような連中です」

陣内は、その男のほうを興味深げに見た。彼は、居心地悪そうに、同僚たちの顔を眺め回してから陣内に尋ねた。

「私が何か妙なことを言いましたか？」

陣内は考えごとをしたままの顔でこたえた。

「いや。君が案外、いいところをついたような気がしてね……。そういう連中は、軍隊に多少なりとも影響力を持っているだろうな？」

「将校のほとんどは、かつての部下でしょうからね……」

「なるほど」

陣内はひとりごとを言うような調子で言った。

「そして、そういった軍隊のＯＢたちは、アメリカ社会では名士だ……」

四人の部下は訳がわからない、といった表情で互いの顔を見合った。

陣内は、話題を変えた。

「陸海空三軍および海兵隊のなかから、格闘技にすぐれた者を選ぶとあるが、実際、どのあたりの連中が強いのかね？」

最初に陣内に声をかけた男が自信を持ってこたえた。

「陸軍の特殊部隊か海兵隊ですね」

「ほう、そうなのか？」

「空軍は飛行機を飛ばすのが第一の任務ですし、海軍は艦上勤務が仕事です。彼らは優れた操縦士かあるいは、すぐれた航海士かもしれませんが、すぐれた格闘家ではない可能性が大きいのです。その必要がないのですからね。ちなみに、米軍で最も優秀な戦闘機乗りは海軍のパイロットだそうですがね……」

「陸軍特殊部隊か海兵隊か……」

「そう。陸軍のグリーンベレー、ブラックベレー、デルタフォースなどは、一流のサバイバリストです。彼らは格闘術の訓練に明け暮れるのです。海兵隊は、どんな場所にでも上陸して、敵を急襲するのが身上です。肉弾戦だってこなします。米軍で一番の猛者《もさ》が集まる軍隊として有名です。また、空手をベースにして、キックボクシングやテコンドーを取り入れた海兵隊のマーシャルアーツは、実に合理的な格闘技だと言われています」

陣内はその男の顔をじっと見つめていたが、ファイルを手にすると立ち上がった。彼はそれまでののんびりした動きから一変した。

「危機管理対策室の下条室長のところへ行ってくる」

陣内はそう言い残すと、あっという間に大部屋をあとにした。

陣内は首相官邸まで駆け足でやってきた。いつもの習慣だった。

通用門から入り、表玄関を通る。玄関を入るとすぐ正面に階段があり、陣内はその赤い絨毯《じゅうたん》が敷きつめられた階段をも駆け昇った。

階段のすぐ上にはSPがふたり立っている。彼らは陣内を見ると敬礼をした。首相官邸にいるSPくらいになると、陣内が警視であるということを知っているのだ。

中央階段を上がってすぐ左手に見えるのが首相の執務室だ。報道関係者がいつもそのドアのまえにたむろしている。

危機管理対策室は、官房長官室の左隣りにあった。

官房長官室は、首相執務室のまえを通り、廊下を左に曲がった最初の部屋だ。その廊下の角の向かい側には首相秘書官室がある。

危機管理対策室はたいへん小さな部屋だった。スタッフもわずか十二人に過ぎない。

情報調査室が約百名もの人間をかかえているのに比べたいへん小規模だ。だが、下条泰彦室長はそれで充分だと考えていた。

部屋のなかには邪魔な書類棚や本箱などがない。その代わりに、各室員の机の上には、それぞれの電話とコンピューターの端末が置かれていた。

室長の席は、衝立《ついたて》で仕切られた即席の個室のなかにあった。たいへん狭いスペースで人が三人も入れば窮屈な感じがする。

陣内は、危機管理対策室のなかを横切り、室長の個室のドアをノックした。

返事があるまえに、ドアを開けてなかに入る。

「君は、ノックの音がしたとたん、私がどこかへ逃げ出すとでも思ってるのか？」

下条は言った。だがその声に非難の響きはなかった。

下条は続いて尋ねた。

「何かあったのか？」

「これをお読みいただきたいと思いまして」

陣内はファイルを下条の机の上に起き、問題のページを開いた。

下条は読み始めた。陣内は何も言わず下条が読み終わるのを待っていた。

やがて下条が顔を上げた。

「君はいつも突拍子もないものを私のところへ持ち込んでくるな……」

下条は多少困惑しているように見えた。「この情報の何が問題なのか、正直に言って私にはわからないんだがね……」

「このファイルは、石倉室長が外務省とのコネを最大限に利用して独自に作らせているものなのですがね。まず、非公式の情報であるということ、そして、初めての米軍からの情報であることが気にかかりました」

「だが、格闘術に長けた人間を探すというのは、たいした意味があるとは思えんね」

「下条室長は、以前、『外交研究委員会』の連中を探そうとしたとき、同様のことを言われました」

下条は苦い顔をした。

「ああそうだ。普通の感覚を持つ人間なら当然そう考えるよ」

「しかし、秋山隆幸、屋部長篤、陳果永の起用は成功でした」

「たまたま成功したんじゃないのかね?」

「私はそうは思いませんね。彼らの起用は必然だったのです。そして、彼ら三人を発見するきっかけとなったのは、やはり奇妙なレポートでした」

「秋山本人が熱田澪とともに書いたレポートだ。覚えている。では何か? 君は、アメリカも、『外交研究委員会』のようなメンバーを集めようとしていると考えているのか?」

「それはわかりません。ただ、さきほど室長は、『普通の感覚を持つ人間なら当然そう考える』と言われましたが、それが大きな落とし穴です。われわれは普通の感覚でいてはいけないのですよ。通常の感覚を超えていなければならない」

「わかっている。確かに君の発想は一見、たいへん奇妙に感じられるが、的を射ている場合が多い。私が危機管理対策室の責任者になれたのも、君のおかげと言っていい。

君は、確かに政府の普通の人間が考えつかないような方法をしばしば提案する。最後の黒幕といわれた服部宗十郎《はっとりそうじゅうろう》とその息子たちを排除するときも、君は民間人を使った。まだ学生に過ぎない少年と私立探偵だ」

「片瀬直人《かたせなおと》は天才的武術家でした。まあ、臨機応変、適材適所——私の身上はそれだけです。私の提案を採用してくださるのはおそらく下条室長だけでしょうけどね」

「いつも丸め込まれるのだ」

「今回の、この報告書に関して、私の部下が興味ある発言をしました」

「ほう。聞かせてくれ」

「その報告書の文脈からすると、米軍のなかから格闘術に長けた者を探し出そうとしているのは、軍そのものではなく、別の存在です」

「そのように読める」

「私の部下のひとりは、軍のＯＢ——つまり名誉を持って除隊した退役軍人ではないか、と言ったのです」

「軍のＯＢ……」

「そうです。そうした連中は、軍に対してある程度の影響力や発言力があるはずですし、アメリカでは社会的地位もあります」

下条は考え込んだ。「つまり、外務省の情報調査局が、米当局から仕入れた情報──つまり、社会的にかなり発言力のある秘密結社のメンバーの条件に合うというわけだ」

「なるほど……」

「そういうことです。あるいは軍のＯＢではなく、現役の将軍クラスの可能性だってありますよ。秘密結社は徹底的にメンバーを秘匿するでしょうからね。米大統領がメンバーであってもおかしくはありません」

「おい、そういうややこしいことを言わんでくれ」

「ご心配なく。今のは冗談です。大統領選挙というのは、日本人が考えるよりはるかに熾烈《しれつ》ですからね。対立候補のことは徹底して粗探《あらさが》しします。秘密結社がどんなに秘密にしようと選挙の勢いには勝てませんよ。すぐにばれてしまうでしょう」

「それで、この件をどうするつもりだね？」

「外務省にも気のきいた人間はいるはずです。皆が皆、エリート意識に凝り固まったいやなやつとは限らんでしょう。使えそうな人物を探し出して、この件の追跡調査を依頼します」

「ほう、依頼？　命令ではなくて？」

「立場が違いますから……」

　下条はかすかに笑った。

「情報調査室では何をやる？」

「ＣＩＡの協力を仰ぎます。今のところ、それ以上のことはできません。いずれ、何か網にひっかかってきますよ」

「わかった。ところで、『外交研究委員会』の連中との会見はどうなった？」

「全員集合してくれましたよ」

「それで、例のポケットベルは手渡したのか？」

　陣内は、直接答えず、下条に尋ねた。

「失礼。電話をお借りしてよろしいですか？」

「かまわんよ」

　陣内は電話をかけ、二言三言話をした。相手は部下のようだった。

　電話を切ると、陣内は言った。

「すでにポケットベルに仕込まれた発信機が作動し始めているということです。全員、ポケットベルを受け取ってくれたようですね」

「これで、彼ら全員がどこにいるかわかるようになったわけだ。たとえ、呼び出しに応じなくても……」

「そう。人工衛星によって二メートル四方の誤差で探知できます」

「彼らに対する防衛措置なのだが、そう言っても納得しなかっただろうな」

「プライドの高い連中ですから。あとは、あのポケットベルを、彼らが常に携帯してくれることを祈るばかりですね」

下条はファイルを畳み、陣内に返した。

「その件は君に任せる。好きなように調べてくれ」

「了解です」

陣内は、総理府へと戻って行った。

10

ジャック・ローガンは一〇キロのロードワークを午前中に済ませていた。海兵隊で鍛え上げた体には一〇キロのロードワークなど軽いものだった。昼食までまだ一時間ほどあった。ジャック・ローガンは芹沢猛に尋ねた。

「何をやればいい？」

芹沢猛は大きなサンドバッグを指差した。ボクシングで使用するものよりも長い。ローキックの練習にも使用するからだ。

ジャック・ローガンはうなずいた。

「グローブはどこだ？」

ジムに通っていたときの癖でついそう訊いてしまった。素手でサンドバッグを叩く者はあまりいない。

芹沢は首を横に振った。

「グローブは必要ない。源空会の試合はすべて素手で行なわれる」

「オーケイ。そうだった」

「拳を使うな」

サンドバッグに向かいかけたジャック・ローガンは立ち止まり振り返った。

「何だって……？」

「拳を使うなと言ったんだ。てのひらでサンドバッグを打つんだ。キックも、ハイキックはいらない。ミドルキックとローキックだけを使うんだ」

「おい、それはどういうことだ？」

「いいから言われたとおりにしろ」

ジャック・ローガンは、明らかに不服そうな顔で芹沢を見つめながら、サンドバッグのまえに立った。

てのひらで打つというと、横から張ることしか思いつかない。ビンタというやつだ。

ジャック・ローガンは、左右のてのひらでサンドバッグにビンタを張っていた。

時折、ミドルの回し蹴りを打ち込む。そのときだけサンドバッグが大きく揺れた。

芹沢はかすかに笑っていた。

ジャック・ローガンはそれに気づき、尋ねた。

「何がおかしいんだ？」

「いや……。やはり選ばれた男だけのことはあると思ってな。戦いについての勘がすばらしくいい」

「キックのことか？　そう。キックには自信がある」

「勘はいいが、何もわかっていない」

「どういうことだ？」

「君のキックなど、源空会の初段クラスに過ぎない。いいのは、その張り手だよ」

「ハリテ？」

「ビンタのことだ。今、君がサンドバッグに向かってやっていたやつさ」

「こんなものが何の役に立つってんだい」

芹沢は薄笑いを消さない。

「いいから、昼食までそれを続けろ」

ジャック・ローガンは、おおげさにかぶりを振って見せた。まったく訳がわからない、という仕草だ。

それからまたサンドバッグに向かって、左右のビンタ、そして、左右のミドルキックを繰り返した。

一度引いていた汗が再びどっと流れ出してくる。

約三十分間、ローガンはサンドバッグ打ちを続けた。

それを傍に立って芹沢がじっと見ている。軍の教官のように怒鳴るわけでもなければ、ジムのインストラクターのようにおだてるわけでもない。

ただ、ローガンの動きをじっと見ているのだ。

ローガンは、パンチが使えないことで苛立《いらだ》っていた。苛立ちや欲求の不満は、激しい運動のなかにあっては、体力を奪う。

ローガンはいつもよりずっと早く息が切れてくるのを感じた。

「くそっ！」

ローガンはそう叫ぶと、ジャブ・フック・ストレートのコンビネーションを拳でサンドバッグに打ち込んだ。

「ストップ!」

芹沢が言った。

ローガンは嚙《か》みつきそうな顔で芹沢を見た。彼は言った。

「パンチの練習も必要だ。練習の期間は短いんだ!」

芹沢は取り合わずに言った。

「午前中の練習は終わりだ。胃袋が拒否反応を起こさぬように少し休んでおけ」

ローガンは、頭に来ていたが、同時に何ともいえない恥ずかしさを感じた。

彼はその羞恥心《しゅうちしん》をごまかすように言った。

「俺の体はそんなにヤワじゃねえ」

芹沢はローガンに背を向けて、ビルの外に向かいながら言った。

「最後のパンチは余計だったが、さすがにそれ以外はなかなかよかった」

ローガンはシャワーを浴びることもできなかった。芹沢カラテ・スクールは、何かの店舗のあとに過ぎないので、シャワーの設備などなかった。

彼は洗面所へ行き、顔を洗い、タオルを濡らして汗をぬぐった。

乾いたスウェットのシャツに着替えると、トレーニングウエアを羽織《はお》って、先に芹沢が行っている安いレストランへと向かった。

カウンターがメインで、自慢の料理がひとつかふたつといった、ありきたりの大衆レストランだった。

タクシーの運転手や、近くで工事をやっている連中が昼食を食べに来ている。

芹沢は窓のそばのテーブルに腰かけていた。ローガンはその向かいの席にすわった。

芹沢は何も言わず煙草のヤニで汚れた窓の外を眺めている。

「サムライはこんな場所へはすわらないんじゃないのか？」

ローガンは芹沢に言った。芹沢は外を見たまま訊き返した。

「なぜだ？」

「窓のそばは危険だ」

「そうかもしれん。だが、危険を最も早く察知できる。カウンターにすわると、窓の外にも、店のなかの者にも背を向けることになる」

ローガンは肩をすぼめた。

「オーケイ。あんたは本物だ。だが、俺は、トレーニングに関しては、理由が聞きたい。訳もわからず汗を流すのはいやだ」

芹沢がようやくローガンのほうを見た。

「軍人らしくないな」

「何だって？」

「兵士は、黙々と上官の言うことに従うのだろう？　穴を掘り続け、そしてまたその穴を埋める。それを一晩中繰り返す」

「そういう行為には理由がある。第一に穴掘りや穴埋めは、体力をつけるのにもってこいだ。それを強制されることで根性もつく。そして、たいてい、穴掘り穴埋めは、何かの罰でやらされることが多いんだ」

「私は最も効果的なトレーニングをやっている」

「勝つためにか？」

「そうだ。勝つためにだ」

「そして、ただ勝つだけではなく……」

ローガンは、手で首を切る仕草をした。

「そうだ。ただ勝つだけでなく相手を殺すために」

ローガンは、さすがにまわりが気になってそっと見回した。誰もローガンたちの会話を気にしていなかった。

ローガンは尋ねた。

「俺は何を食えばいいんだ？」

「あきれたな。アメリカの兵士は、自分の食べたいものも決められないのか？」

「そうじゃない。ほら、よくあるだろう。ウエイト・コントロールとか、肉は食っちゃいけないとか……」

「関係ない。食いたいものを食えばいい。源空会の世界大会は、ウエイト制じゃない」

「本当か？　じゃあ、体の大きな外国人が圧倒的に有利じゃないか」

「もう一度、私と勝負してみるかね？」

ローガンは芹沢が言っていることを理解した。

彼はカウンターのむこうにいる無愛想な店員にチーズバーガーとミネストローネを注文した。

芹沢が注文したチリが届いた。芹沢はクラッカーをチリのなかに砕いて入れ、食べ始めた。

ローガンは料理が来ると、黙ってそれを平らげた。

食事の二時間後から午後のトレーニングが始まった。

芹沢は一本の棒を持ってきた。それはただの棒っきれではなく、長さ四尺二寸一分(約一二八センチ)の杖《じょう》だった。

だがローガンにとってはただの木の棒に過ぎない。

「何をするつもりだ?」

少しばかり不安になってローガンは言った。

「いいから黙って言うとおりにしろ。口数の多いやつだ」

「あんたたち日本人が無口なんだ。俺たちは言葉でコミュニケーションをするんだ。腹のさぐり合いをするわけじゃない」

「そう、その腹だ」

「腹がどうした?」

「この棒を持ってその先を、下腹に当てろ。ちょうど、へその下二インチほどのところだ。そうだ。そのまま前へ出て、もうひとつの端をサンドバッグに押しつけろ。そして手を離すんだ」

ローガンは訳がわからないまま、言われたとおりにした。ちょうど、ローガンの下腹とサンドバッグの間で杖がつっかい棒になっている。

　芹沢が命じた。

「勢いよく下腹に息を吸い入れるんだ」

「下腹に？　要するに腹式呼吸だな？」

「そうだ」

　ローガンは言われたとおりに、する。

「吐くときが大切だ。下腹に力をいれて一気に吐く。そのとき、腹が固くなりさらにぐっとふくらんで棒でサンドバッグを突き動かすくらいにするんだ」

　ローガンはやってみた。だがこつがまったくわからずに、あきらめてしまった。

「こんな棒を腹に押しあててちゃ、痛くなっちまうよ」

　ローガンは杖を手に取った。

　芹沢は無言でその杖をローガンから奪い取った。

　そして、自分の下腹に一方の先端をあてがい、もう一方の先端をサンドバッグに押しつける。そして手を離した。

　そのまま三戦《さんちん》立ちとなった。左足をわずかに前に出し、両方の足先を内側へ向けるのだ。

その状態で、芹沢は鼻から息を吸った。そのとき、下腹が固くしまりなおかつ突き出てサンドバッグを動かした。

今度は吐いた。一気に鋭く吐いた。そのとたんに下腹がさらに固くなり突き出た。サンドバッグがさきほどよりずっと大きく動いた。

ローガンは驚いた。だが、それが格闘技とどういう関係があるのか理解できなかった。ローガンは素直にそれを口に出した。

「そんな手品みたいな訓練が、何の役に立つんだ？」

「いいから言われたとおりにするんだ。立つときには尻を締めて、心持ち腰を前に出す。サンドバッグが、呼吸するときの腹のふくらみだけで弾き飛ばされるくらいになるまで練習するんだ」

ローガンは、しかたなくまたサンドバッグと下腹の間に杖を渡した。手を離し、見よう見まねで三戦立ちとなり、息を短く吸ったり、同様に短く吐いたりした。

五分もしないうちにローガンはその訓練を止《や》めてしまった。

「どうした？」

芹沢は尋ねた。「練習を続けろ」

ローガンはかぶりを振った。

「こんな練習は無意味だ」

「いや。大切な練習だ」

「俺は、源空会の大会に出て優勝しなければならない。俺に必要なのは実際の試合を想定したスパーリングだ。源空会の弱点を知らなければならないんだ。こんなことをしている時間はない」

「練習のメニューは私が決める。君は私に黙って従う。その条件で私は引き受けたのだ」

「やっぱり、アメリカ人に勝たせたくなくなったのだろう。同じ日本人だからな……」

芹沢は黙ってサンドバッグのところに立った。

三戦立ちになると、てのひらを軽くサンドバッグにあてがう。

ゆっくり呼吸をしていたかと思うと、突然鋭い呼気の音を発した。

そのとたんに、サンドバッグが大きく跳ね上がった。芹沢はただてのひらを当てていただけのように見えた。

ローガンは、言葉を失った。

芹沢はローガンのほうを向いて言った。

「これくらいのことができなければ、とても源空会の三段クラスとは戦えない」

「いったい何をやったんだ？」

「空手で『五寸打ち』と呼ばれている。中国武術では『寸勁』という。筋力だけでなく、体のうねりを一瞬のうちにうまく利用するのだ」

「体のうねり……？」

「そうだ。ただの棒で殴るより、ヌンチャクのように間に可動部分があるもので殴ったほうが威力がある。これはわかるな？」

「ああ……」

「人間の体も同じような使いかたができる。そのときに呼吸法をうまく使えば技の威力は数倍あるいは十倍にもなると言われている」

ローガンは何も言わずに芹沢の言うことを聞いていた。

芹沢はローガンが熱心に話を聞いているようなので、続いて説明してやることにした。

「さっき棒の先端を当てた場所は臍下丹田《せいかたんでん》といってな、気のバッテリーのひとつだ。気をここに蓄え、攻撃するときに放出する。その方法を学ぶための訓練が、棒でサンドバッグを押す訓練だ。わかったかね？」

「本当にそのやりかたで、さっきのようなことができるようになるのか？」

「できるさ。あんなものは、一週間もすればできるようになる」

ローガンは、杖を手に、のろのろとサンドバッグに近づいた。杖を腹とサンドバッグの間にはさむ。

彼は力んで顔を赤くし始めた。

芹沢が言った。

「全身の力をもっと抜かなければだめだ。もっと楽に呼吸する。神経を下腹に集中して、そこで息を吸い、そこで息を吐くようなつもりで呼吸するんだ」

ローガンは、長時間、その練習を行なった。息を吐くときに、さっと下腹を固める。その勢いで杖を押し出し、サンドバッグを突き動かすのだ。

「最初はもっとゆっくり大きく呼吸をするんだ」

芹沢は、さきほどと違って何度も注意をした。呼吸法は、手足を使うテクニックと違って、誤った訓練をするといつまでたっても身につかないからだ。

それればかりか、体をこわしてしまうことさえある。

いきなり気を練り過ぎると、発熱したり全身の倦怠感《けんたいかん》を招いたりする。さらには、気が偏り、内臓を悪くしたりすることさえある。

どうやらローガンは、ようやく臍下丹田に意識を集中させて腹式呼吸ができるようになってきた。

まだサンドバッグを押しやるまでには至らないが杖に力が伝わるのが見ていてわかった。

芹沢は言った。

「いいだろう。そこまでだ」

ローガンは言った。

「待ってくれ。もう少しでこつがつかめそうなんだ」

「こつなどつかんではいかん。だから今日はここでやめさせるのだ」

「何だって？」

「こつというのは、楽をして同じような結果を得るということだ。形だけできても何にもならない。こつなど必要なく、自然にその技術が身につくまで繰り返せばいい」

ローガンはまた釈然としない顔をした。だが、彼はそれ以上芹沢に逆らおうとはしなかった。

「今度はローキックとミドルキックだ」

芹沢は命じた。「今、棒を下腹で押し出したろう。あれと同じ呼吸をしながら蹴ってみるんだ」

ローガンは、サンドバッグに向かった。

呼吸を整えて、下腹に意識を集中する。

彼は、ちょうど棒を押し出すときのように下腹に力を込めて一気に息を吐き出した。

鋭い呼気の音がする。

同時に右のミドルキックを繰り出していた。

ローガンの右足は、空気を切る音を上げた。足のすねがサンドバッグに突きささる。

そのとき、サンドバッグは勢いよく跳ね上がるのではなく、その場でぐにゃりと折れ曲がる感じになった。

砂がぎっしり詰まった固いサンドバッグだ。それが、その場で曲がるというのは、キックのスピードと圧力が並外れていることを意味する。

折れ曲がった次の瞬間、サンドバッグは大きくゆらいだ。止め具がぎしぎしと鳴った。

ローガンは茫然としていた。

自分の放った蹴りのスピード、切れ、そして威力に自分で驚いてしまったのだ。

ローガンは、もう一度、臍下丹田から呼気を鋭く発しつつ、今度は左のミドルキックを試した。

やはり今まで感じたことのないようなスピードと手ごたえを感じた。

ローガンは芹沢のほうを見た。

「これはいったい……」

芹沢は、無表情だったが、明らかに満足げだった。

「ほんのちょっと気を練るだけでそうなる。どうだ？　私の言うとおりに練習する気になったか？」

ローガンはてのひらを天に向け、小さくかぶりを振ってから言った。

「参ったよ。これからは文句言わずに従うよ」

「よろしい。では、午前と同じくてのひらでサンドバッグを叩くのだ」

ローガンは素直にそれを始めた。

しばらくそれを見ていた芹沢は言った。

「今度は、ジャブを打つつもりで、まっすぐてのひらを突き出すんだ。右半身《はんみ》のほうがいい」

ローガンは言われたとおりにした。

芹沢は心のなかでつぶやいた。

（いいじゃないか……。これで殺人マシーンが一台でき上がる）

11

源空会の本部ビルは池袋にあった。源空会は、会員数百万人を誇る人気流派だった。組手に重点を置き、顔面へのパンチ攻撃、そして金的への攻撃以外はすべて反則にならないというフルコンタクト・ルールを採用していることで有名だ。

館長の高田源太郎は、今、彼の個室で、最高師範たちと、刷り上がったばかりの世界大会のポスターを見ながら話し合いをしていた。

最高師範はふたりいた。

高田源太郎はポスターを持ち上げて眺め、言った。

「うん。いいね」

ふたりの最高師範は、源空会が、まだ高田道場という名だったころから、高田源太郎と付き合っている。

角刈りで威圧的な大きな目をしたほうの最高師範が辰巳《たつみ》といい、オールバックに髪を固めた小兵《こひょう》が牛島《うしじま》といった。

「入場券の手配のほうも無事済みました」

辰巳が言う。

「エントリーのほうはどうなっているね？」

高田源太郎は牛島に尋ねた。

「着実に増えていますね。地方からの参加者も多く、支部の活躍が目立ちます」

「有力な選手は？」

高田源太郎に尋ねられ、牛島はすらすらと注目の選手の名を言った。

本部で大会用に徹底的に鍛えている選手もいれば、地方で名を上げている選手もいた。

辰巳と牛島は、大会の名プロデューサーだ。もう何年もこの仕事を続けている。

ふたりはとうに五十歳を過ぎているが、源空会で鍛え上げた体に、まだ衰えは見られない。

高田源太郎はうなずいてから言った。

「わが会派の選手については、私もだいたい実力を知っている。今年の優勝候補は、やはり、梁瀬《やなせ》広将《ひろまさ》か？」

「そうです」

牛島はうなずいた。「二年前、準々決勝まで勝ち登りました。そのときが大学の一年。昨年は園田《そのだ》三段に敗れて二位でしたが、順調に力を伸ばしていますし、気力も充実してきました。今年が狙い目だと思います」

「園田より梁瀬広将のほうがイメージがいいな。梁瀬を優勝させる方針でいこう」

高田源太郎は平然と言った。「梁瀬をおびやかすような地方勢はおるのか？」

牛島はエントリーした選手を打ち出したコンピューターのプリントアウトを見つめながらこたえた。

「わが源空会の地方選手にはおりません」

「そうでなくてはいけない」

高田源太郎が言う。「中央本部は全国の、いや全世界の支部のあこがれでなければならない。優勝旗を地方へ持っていかれては困るのだ。わかるな、そのへんのことは」

「わかっていますとも」

牛島が言う。「この世界に、伊達《だて》に長くいるわけじゃありませんからね」

「格というのは大切なのだ。高田源太郎が直々に指導をしている本部の選手が優勝しなくてはならないのは、いわば使命だ」

「ただ、わが会派以外の選手が気になります」

「要注意人物がいるのか？」

「仙台の九門高英がエントリーしてきています」

「九門高英……。なるほど、名前は聞いたことがある。最近、一派を成して登り調子だという空手家だな」

「人気もさることながら、実力もあなどれません」

「よい。源空会の大会でどこまでやるか見届けてやろうじゃないか」

「もうひとつ気になる情報が……」

牛島はやや声を落として言った。

「何だ？」

「アメリカから、ジャック・ローガンという名の選手がエントリーしてきたのですが……」

「ジャック・ローガン……？　聞いたことがないな……」

高田源太郎は表情をわずかに曇らせた。「わが会派の人間か？」

「いえ、源空会の人間ではありません。そればかりか、いかなるアメリカの大会のタイトルも取ったことがないのです」

「気にしすぎじゃないのか？」

じっと話を聞いていた辰巳が言った。「ちょいと腕だめしに参加してみようという、力自慢なのかもしれない」

「いや、外国選手はあなどれない」

高田源太郎は生真面目《きまじめ》な顔で言った。「外国人は意外な経験をしている者が多い。空手のタイトルは持っていなくても、柔道やボクシングのタイトルを持っているかもしれない。もし、ボクサーだとしたら、たいへんに手強いかもしれない」

牛島がうなずいて言った。

「ボクシングの試合については、とてもじゃないが調べきれませんでした。アマチュアの州単位の大会まで数えると、それこそ無数に開かれていますからね。それだけじゃないのです。これはニューヨーク支部からの情報なのですが、破門になった芹沢猛がそのジャック・ローガンという選手を指導しているらしいのです」

「芹沢が……」

高田源太郎の眼が底光りした。「芹沢はまだニューヨークにおったのか……」

「そうらしいですね」

牛島が言った。「そういうわけで、このジャック・ローガンという選手がたいへん気になりますね」

「九門高英にジャック・ローガン……」

辰巳が押し出すような声で言った。「今ならまだ手を打てるかもしれませんよ」

高田源太郎はその言葉を聞いて、しばらく黙っていた。

彼が口をきくまで、ふたりの最高師範も何も言わなかった。

やがて高田源太郎が言った。

「いや。わが源空会の実力を信じよう。源空会は世界最強の空手を謳《うた》っているのだ。そのふたり、堂々と迎え撃ってやろうじゃないか」

源空会の本部道場では、優勝候補と目されている梁瀬広将が稽古をしていた。

前年度優勝者の園田三段もいたが、試合を意識してか、園田は梁瀬広将に近づこうとはしなかった。

梁瀬は二段だが、事、試合となると、二段と三段の差などそれほど問題ではなくなる。

実際、前回の大会では、梁瀬は決勝戦において園田をおおいに苦しめたのだった。

園田は角刈りで屈強な体格をしており、いかにも空手の選手といった面構えをしている。

一方、梁瀬は着やせするタイプらしく、空手衣を着ていてもすらりとスマートに見える。大学の三年生で二十一歳という若さだ。

彼は顔の造りも端整で、なおかつ蹴り技の天才といわれていた。

高田源太郎が「園田より梁瀬のほうがイメージがいい」と言った理由はそのあたりにあった。

園田には、空手に対する一般の人々のマイナス・イメージとだぶる印象がある。つまり、すこぶる乱暴で危険で凶悪なイメージだ。

一方、梁瀬には華があった。

スターの素質があるのだ。彼は、アマチュアでありながら、すでに女性ファンを獲得しつつあった。

それは源空会にとってもありがたいことだった。

梁瀬は先輩と組手稽古をしていた。スマートに見えるが当たりは強い。自分より一〇キロは体重が上の先輩に向かって猛然と攻めていく。

カウンターを巧みにさばいている。反射神経がたいへんいいのだ。

反射神経というのは、格闘技家の最も大切な素質だ。

また、梁瀬は多少のパンチを受けてもびくともしなかった。

見かけに反してたいへん打たれ強いのだ。若く勢いがある。先輩のほうが押されている。パンチを繰り出しながら先輩を追っていたと思うと、いきなり、くるりと背を向けた。

上段の後ろ回し蹴りだった。

意外な間合いだった。先輩のほうは、蹴りが来るには接近し過ぎていると思い、油断していた。

だが、梁瀬はほとんどどんな間合いからでも上段への蹴りが出せる。体が非常に柔軟なのだ。

すばらしいスピードの後ろ回し蹴りが先輩の顔面に決まり、相手をしていた先輩は、もんどり打ってひっくり返った。

試合なら文句なく一本勝ちだ。

ひっくり返った先輩は、起き上がろうとはしなかった。

梁瀬はその先輩をそっと道場のすみへ運んだ。なるべく頭を動かさないように、後輩たちが手を貸した。

源空会では、稽古中のノックアウトなど日常茶飯事なので誰もいちいち驚きはしない。

　そっと気を失っている先輩を寝かせると梁瀬は再び稽古に戻った。

　それを離れた場所から見ていた園田は密《ひそ》かに舌打ちしていた。彼は梁瀬のようなタイプが好きではなかった。

　組手のタイプもまったく違う。

　梁瀬が華麗な組手とすれば、園田は残忍な組手といえた。これまで、残忍な園田の組手が梁瀬の組手を圧倒してきた。

　園田は、あんな軟弱な組手に自分が負けるはずはないと考えてきた。だが、梁瀬はただ華麗なだけでなく、確かに地力をつけてきたようだった。

　園田はそれを認めたくなかった。大会で白黒をはっきりつけてやる――彼は心にそう誓っていた。


　屋部長篤は、仙台に戻っていた。約束どおり、九門高英の道場を訪ねた。

　九門は屋部を歓迎した。それは、単に親しくなったからではない。九門には九門なりの計算があるのだ。

　九門の道場――九門塾には、当然、九門高英より強い人間はいない。試合に出る以上、それでは不安なのだ。

九門高英にとって屋部長篤は恰好の練習相手なのだ。

屋部は本心から、九門塾のテクニックに興味を持っていた。ボクシングのパンチは、空手の正拳突きには、一撃の破壊力においてはおよばない。

しかし、ボクシングは、相手をとらえることに関しては他に類を見ない見事なテクニックを持っている。

ボクシングのパンチは多彩で速い。そのコンビネーションは、空手の一撃のおそろしさに勝るとも劣らない。

つまり、常に動き回り、攻撃をかわそうとする相手を手数とスピードで圧倒するのだ。

空手の蹴り技はボクシングを相手にした場合、かなり有効かもしれない。

だから、ボクシングのパンチのテクニックに熟練した空手家はきわめて手強い格闘技家となる。

それに最も近いのはムエタイだろう。ムエタイは世界最強の格闘技と言われることがしばしばある。

それはボクシングのコンビネーションと、キックを合わせ持っているからにほかならない。

だがムエタイも弱点がないわけではない。ラウンドごとに戦いが中断するので、その時間に慣れてしまっている点だ。

例えば、屋部長篤は三十分、ぶっ続けで戦い続けることができる。その点が違うのだ。そして、九門高英もおそらく、屋部に近いくらいの持久力を持っているはずなのだ。

九門は、屋部に、自分の部屋に居候するように言った。屋部には断わる理由はなかった。

屋部は一階のロッカールームへ案内された。そこで、色あせた黒の空手道衣に着替えた。そのまま二階の道場へ上がった。

やはり彼は、道場にあるふたつのリングやパンチングボールなどに違和感を覚えた。

九門高英が屋部長篤に近づいてきた。

「私が工夫したテクニックについてはすべてお見せしますよ」

九門が言った。屋部が言う。

「九門塾の手技を俺に叩き込んでいただきたい」

「型か何かを見せていただけますか？」

「何のために?」

「実力を知りたいのですよ。いや、お互いに時間が惜しいはずです。だから、正直に申し上げます。気を悪くしないでください。実力に応じた指導をしないと効率が悪いですから」

屋部は納得した。それと同時に、九門の目的を知った。

九門は屋部が練習相手になるほどの実力かどうかを見たいと思っているのだ。

屋部長篤は言った。

「型をお見せしてもよいが、それよりわかりやすい方法がある」

彼はサンドバッグに近づいて行った。

九門高英はそれに続いた。

サンドバッグのまえに立った屋部は、見上げて天井からサンドバッグを吊っている金具を確認した。

頑丈そうな金具がしっかりとコンクリートのなかに埋め込まれている。

そこに、サンドバッグの三本の鎖がかけられている。

屋部は九門に言った。

「サンドバッグのうしろに、ふたりほど立たせて、サンドバッグをしっかりおさえるように言ってくれないか?」

九門はそのとおりに門弟に命じた。

稽古生たちは興味深げに屋部と九門のほうを見ている。指導員たちも同様だった。

ついに、屋部と九門のまわりに、人垣ができ始めた。

ひとりの門弟がサンドバッグに右肩を押しあてるようにしておさえた。さらにそのうしろから、もうひとりがその門弟の腰のあたりに腕を回して支えた。ふたりとも緑帯を締めている。体格は悪くない。

屋部はサンドバッグに向かい、ぴたりと十三《セーサン》立ちになった。

右拳を胸のまえに構える。腰まで引ききらない。

彼はじりじりとサンドバッグとの間合いを計る。

突如、すさまじい気合いを発して、胸のあたりに構えていた拳をサンドバッグに打ち込んだ。

その瞬間に、下半身はぶるんと震え、腰が鋭く回転していた。

サンドバッグをおさえていたふたりの門弟が、後方に吹っ飛んだ。

すさまじい突きの威力だった。

続いて屋部は、前蹴りを出した。うなりを上げて上足底がサンドバッグに突き刺さる。重いサンドバッグが軽々と宙に躍った。

それだけではなかった。鎖が止め金から外れてサンドバッグが二メートルほども弾き飛ばされたのだ。

見ると、鎖がねじ切れていた。

サンドバッグを支えていたふたりの男を吹っ飛ばした突き、そして、サンドバッグを吊るしていた鎖を切ってしまうほどの蹴り。

興味本位で見物に集まった稽古生や指導員は、そのあまりの威力に息を呑んだ。道場のなかは静まりかえった。

驚いたのは九門高英も同じだった。そこそこはやるだろうとは思っていた。

だが、屋部の腕がこれほどとは思わなかったのだ。

屋部は九門高英のほうを見た。

「ほかに注文があれば、何かやって見せるが？」

「あ、いや……」

九門は気を取り直して言った。「中国には古くから『千招《せんしょう》を知る者を恐れず、一《いっ》招《しょう》に熟練する者を恐れよ』という言葉があります。今の一撃で充分です」

千招とは多くの技を意味し、一招とはひとつの技を意味する。

屋部の指導は、当然のことながら、九門が直接することになった。それが礼儀なのだ。

まず九門は、九門塾で指導している構えを教えた。左半身で、スタンスは肩幅。

そして両方の踵《かかと》を結んだ線が、正面から見てちょうど四十五度の角度になるように立つ。

膝はややためる程度で、決して深く曲げない。だが伸び切ってはいけない。

また、体重がどちらかの足に偏ってかからないようにする。

踵は常に少し浮かせ気味にするのがいい。

両手は顎《あご》の高さで拳を握り、脇を締める。手の構えは、当然ながらボクシングの平均的な構えに似ている。

屋部はこれまで学んできた空手とあまりにかけ離れた構えのため、最初戸惑いを覚えた。宮古島で、踊りの手のひとつとして伝えられていた犬手《イヌディー》を習ったときよりも違和感は大きかった。

しかし、彼の生まれ持ったすばらしい格闘技センスと、長年にわたる訓練で養った武術の勘は、たちまち、九門塾のテクニックをものにしていった。

基礎は充分にでき上がっているので、進歩は、九門が驚くほどに早かった。

一方、門弟が帰ったあとのリングの上で、九門高英と屋部長篤は組手の練習を行なった。

屋部は、彼本来のスタイルで戦ったり、あるいは、覚えたばかりの九門塾のテクニックを使ってみたり、変幻自在に戦った。

九門にとっては、それがありがたかった。源空会の大会ではどんなタイプの選手が相手になるかわからないのだ。

そうして、日が過ぎていった。

初めのうちは、九門、屋部、ともにヘッドギアをつけ、グローブをつけて組手をやっていた。

だが、いつしかふたりとも、すべての防具を外し、素手で組手をやるようになっていた。それが、源空会のスタイルだからだ。

そのころになると、屋部と九門は、まるで旧知の仲のように心が通じ合っていた。

12

秋山は、石坂陽一教授の研究室で本を読んでいた。

研究室には彼しかいなかった。静かな部屋。窓から差し込む午後の日差し。古書の独特のにおい。

秋山が一番好きなひとときのはずだった。こうした雰囲気のなかにいると、最も自分らしさを自覚できたものだった。

しかし、今、彼の心は騒いでいた。

彼は、学究生活こそが自分の生きかただと考えていたので、書物を読むときにはたいへんな集中力を発揮できた。

そういう訓練を積んでいるのだ。だが、今、彼は、同じ文章を何度も読み返さなければならなかった。

陣内が出した新聞広告を見たときから、そういう状態が続いていた。

彼は、まったく違う自分を発見したのだ。彼は知らず知らずのうちに拳を握っていた。人差指の第二関節を高く突き出した拳だ。空手では『人指一本拳』などと呼ばれ、中国拳法では『鳳眼拳』と呼ばれる。

この拳は主に点穴《てんけつ》――つまり、ツボを突くときに使われる。

秋山の家に伝わった拳法には特に名前がついていなかった。名はあったのかもしれないが、秋山隆幸は誰からも聞いたことがなかった。

その拳法で多用されるのがこの握りかただった。

秋山が身につけている拳法は空手などと違い、拳ダコを作ったりといった手足そのものの鍛錬——いわゆる外功をほとんど行なわない。

その代わりに、徹底的に気を練るのだ。今で言うと気功法に当たる。そして、気の流れである経絡や、その経絡上の特に重要な点、つまり経穴のことを詳しく学ぶ。

そして、筋肉よりも勁《けい》を重視する。その点は北派の中国武術に通じるところがある。

秋山は、自分の拳法がどの程度実戦に役に立つのか長い間知らずに過ごしてきた。

だがアメリカのテロリストとの戦いでその実力を自覚した。

秋山の技は、点穴と化勁《かけい》に特徴があった。威力のある突き蹴りで相手を倒すのではない。

経穴を正確に衝《つ》いて気の流れを断ち、相手を倒すのだ。

また、化勁というのは、相手の力を自在に変化させることをいう。自分はあまり力を入れずに相手を崩したり投げたりできる。

化勁というのは中国武術的な呼びかたで、日本的にいうと合気が近いかもしれない。きわめて合理的な動きを連続的につなげていく感じなのだ。

秋山は、自分が何を欲しているかに気づいて愕然《がくぜん》とする思いがした。彼は、闘いたいと思っているのだった。

彼は握っていた手をあわてて開いた。わずかに、てのひらに汗がにじんでいる。

彼は、また読んでいた本に集中しようとした。

研究室のドアが開いた。秋山は顔を上げた。石坂陽一教授が入ってきた。

秋山は挨拶をした。石坂教授は曖昧《あいまい》にうなずいて自分の席についた。午後になると、窓からの日差しのせいで逆光になり、教授の表情が見えにくいことがある。

今がちょうどそうだった。

秋山はいつものように、自分の読書を続けた。

石坂教授は、決して気むずかしい人物ではないが、世間話を楽しむタイプでもない。

彼がいようがいまいが、研究室のなかでは、自分がやりたいことをやりたいようにやっていいことになっているのだ。

しばらくして石坂教授が秋山に言った。

「落ち着かんようだね？」

「は……？」

「集中できていないようだが？」

「いえ……。そんなことは……」

秋山は石坂教授の表情をうかがおうとした。しかし、やはり逆光になっていてよくわからなかった。

「陣内とかいったかな……。内閣情報調査室の男」

「はい……。陣内平吉。次長だということです」

「会いに行ったのだろう？　落ち着かぬ原因はそれか？」

秋山は、ひどく居心地が悪くなってきた。逆光になっているせいか、語りかけてくる石坂教授の声が、催眠術師のそれのような錯覚を起こし始めたのだ。

「熱田くんが何か言いましたか？」

「いや。彼女ではない。陣内が直接電話をくれてな……」

「陣内平吉が？」

「ふたりのお弟子さんをまたお貸し頂くことになるかもしれないので、よろしく、などと言っておった」

「それで、教授は何と……？」

「犬猫や物じゃないんだから、貸すの借りるのというのはなかろうと言ってやった。もっとも、犬に関わりがあることには違いないがな……」

「はあ……」

「あそこは、もう行かなくていいぞ」

「あそこ？」

「『歴史民族研究所』だ。時間の無駄だ。もともと私のところへ来た話だ。文部省の担当者には私から断わっておく」

「あそこからもらっていた研究費という名目の金にはかなり助かっていたのですが……」

とにかく、大学の講師などで食べているような研究者は、例外なく貧しい。奨学金などをもらい、何とか切りつめて生活していくのがやっとというありさまだ。

秋山もそうだった。だが、石坂教授はあっさりと言ってのけた。

「なに、その程度の金はどうということはあるまい。陣内某《なにがし》と一仕事すれば、かなりまとまった金がもらえるのだろう？」

教授の言うとおりだった。

「僕が金で雇われて、例えば暴力沙汰に巻き込まれることをどうお考えですか？」

「宿命だろう」

「それだけですか？」

「それ以外に何がある。君は、家に代々伝わる拳法を身につけておった。それが役に立ったわけだ。特技を世のために生かせる者は少ない。いわば、天命であろうな」

秋山は、陳果永も天命という言葉を使っていたのを思い出した。

「教授は、総理大臣とお友だちだそうですね」

「ああ。若い頃からの悪友同士だ」

「教授と総理大臣が古くからの友だち同士だった……。そして教授のもとに、犬神にまつわる伝説を持つ家に生まれたふたり、つまり、熱田くんと僕がいた……。ふたりの家の伝説がもとで、内閣情報調査室の陣内氏とのつながりができた……。これがすべて宿命だと思いますか？」

「そうとしか考えようがないね。私は学者だがね、自然科学者ではないから、すべての事象を実証しようと考えたり、数式に置き替えようとは思わないんだよ。天の意志がある――そう考えたほうがわかりやすいことだってあるわけだ」

「天の意志……。では、今のところ、天は、僕たちの味方をしてくれているわけですね」

「最後は正しい者の味方をする。そう信じていいと思うが……？」

「はあ……」

教授がどこまで本気でしゃべっているのか秋山にはわかりかねた。ただからかわれているだけのような気さえした。

逆光で表情が読めないため、よけいにそんな気がするのだった。

ノックの音が聞こえた。教授が返事をするとドアが開き、熱田澪が姿を見せた。

彼女は、研究室のなかの雰囲気がいつもと少し違うことにすぐに気がついた。

「あら、珍しい。ふたりでおしゃべりしてらしたんですか？」

秋山は戸口にいる澪に言った。

「その角度からなら教授の顔がよく見えるだろう。教授がどんな表情をしてたか教えてくれないか」

「にやにやしてらしたわよ」

「やっぱりな……」

秋山はやはりからかわれていただけなのか、と思った。

・

プロレスはここのところ、新団体の誕生が相次ぎ、着実に人気を回復してきつつあった。

現在のプロレス人気は、力道山が築き上げた第一次黄金期と同質のものではない。

プロレス・ファンは、一時期、プロレスをショウとして見ることを学んだのだ。

アニメや特撮もののヒーローのマスクをかぶったレスラーが活躍したのも、リングアナウンサーのマイクロホンを使って、試合後にレスラーがパフォーマンスを見せるのも、ショウの一環だった。

ショウとして受け入れられたプロレスの側では、その後、大きな新しい潮流がいくつか生まれ始めた。

ひとつは、試合のドラマ化だ。

例えばあるレスラーとレスラーの試合を、まるで遺恨試合であるかのように、中継のアナウンサーやスポーツ新聞が盛り上げていくのだ。

ふたつめは、過激なショウアップだった。

変則のリング——例えば金網が張ってあったり、有刺鉄線が巡らせてあったり、また、その金網に映画の特殊効果で使うような火薬を仕掛け、触れるたびに爆発させたりといった演出でアピールするのだ。

三つめは、徹底した実力主義だ。

レスラーが本気で試合をすることを身上とするわけだ。

当然のことながら試合はたいへん地味なものになるし、これまでのプロレスで見られた約束ごとのような動きが一切見られなくなる。

興行も、連日というわけにはいかなくなる。

プロレスは、今やそれぞれの流れのなかでファンを獲得していった。

中でも、実力主義・真剣勝負といったグループは、ファンから熱狂的な支持を得ていた。どこで、興行を打っても会場は満員、興奮がみなぎった。

そうしたプロレスの真剣勝負をセメント・マッチと呼ぶ。

セメント・マッチを呼び物にしている団体にも悩みは少なくなかった。

まず、体を痛めることが多いので興行回数がどうしても少なくなる。どんなに鍛えていても、人間の体は連日戦っていればどこかに必ずけがをする。

そして、試合がたいへん地味になることも問題だった。

互いに本気なだけに引き分けも多くなるし、逆に、たった数秒であっさり片がついたりすることもある。

時間が読めないというのは興行としてはつらい。ショウを求めるファンはやがてその団体から離れていくかもしれない。

また、いつも同じメンバーと戦わなければならないのもつらい。いくら工夫しても、互いに技が読めてきてしまうのだ。

そうなるとリング上で睨《にら》み合う時間が増える。それをつまらないと感じる客が増えてくる可能性もあった。

セメント・マッチを標榜《ひょうぼう》する『全日本新格闘技協会』——略称ANMSのリーダー、長門勝丸《ながとかつまる》も、そうした興行面での問題に常に頭を悩ませていた。

ANMSの事務所にあるとき、突然AAAK《トリプル・エイケイ》から国際電話が入った。

アメリカには現在、マーシャルアーツも含めて、プロ空手の団体がいくつかある。

AAAK——アソシエイション・オヴ・オール・アメリカ・カラテもそのひとつだ。

AAAKは、ANMSの代表、長門勝丸に異種格闘技戦の興行を組んでもらえないかと言ってきたのだ。

AAAKではリック・クラッシャーを送り込んでくるということだった。

話を聞いた長門勝丸は思わず立ち上がっていた。

リック・クラッシャーというのは、アマチュアの空手で全米タイトルを取り、その後、プロに転向した。

かつて、プロ空手は金にならないと言われていたが、リック・クラッシャーが、プロレスラーと戦ったり、プロボクサーやキックボクサーと異種格闘技戦をしたり、果ては、熊と戦うデモンストレーションをしたりで、おおいに人気を上げた。

日本でもリック・クラッシャーの名前は、格闘技ファンの間では有名だった。

（これはいい興行が打てる）

長門勝丸は、リック・クラッシャーという強敵を恐れるまえに、そう考えた。

（熊殺しのリック・クラッシャーをリング上で倒すことができれば、わがＡＮＭＳの名も一段と上がるに違いない）

彼は小躍りするほど喜び、すぐさまＡＡＡＫにＯＫの電話を入れた。

長門勝丸は、ＡＮＭＳの社員にすぐさま、細かい段取りに入るように命じた。久しぶりにテレビの中継が入るに違いない――長門勝丸はそう考えていた。

長門が喜ぶ様を見て、古参のレスラーであり、ＡＮＭＳの役員である橋本鉄男《はしもとてつお》が言った。

「長門よ。そう喜んでばかりいていいのか？」

「何がだ？」

「リック・クラッシャーは、化け物だぜ。これまでプロレスラーやキックボクサーと何度も戦っているが、負け知らずだ」

「知ってるさ。だがプロレスといっても俺たちは違う。キック、関節技《サブミッション》、寝技《グランド》、締め、パンチ、何でもありの真剣勝負だ。どこにも負けない」

「だが、むこうは、おまえを名指しできている。気にならんのか？」

「そんなことを気にしてたら、いい興行など打てるものか。第一、何を気にするというんだ？ 俺が負けることをか？」

「それより悪いことが起きるような気がする。悪い予感がするんだ」

「橋本さん。年取ったんじゃないの？ 取り越し苦労だよ」

「だといいがな……」

橋本がリック・クラッシャーを化け物と呼んだのも当然だった。

リック・クラッシャーは、身長が二メートル、体重は一二〇キロを超えている。空手の選手でなければ、アメリカン・フットボールで活躍していただろうと言われている。

そのほうが知名度も収入もはるかに大きかっただろう。

だが、リック・クラッシャーはあえて空手を選んだのだ。彼は、ボールを追うよりも、人と戦うことが好きなのだった。

クラッシャーというのは、リングネームだ。本名は、リック・ピーターソン。現在、三十三歳だ。

熊と戦った空手家は過去に何人かいるが、完璧に勝利したのはリック・クラッシャーが最初と言っていいだろう。

熊と戦うと一言で言うが、それがいかに絶望的な挑戦か、一般の人にはわからない。例えば、羆《ひぐま》の爪《つめ》は、車のボンネットに穴をあけてしまう。それほどおそろしい猛獣なのだ。

一方、長門勝丸は一九〇センチで、日本人としては恵まれた体格をしていた。

彼は若いころに、ある正統派プロレスの一門に入り、徹底的に鍛え上げられた。入門したときに八〇キロしかなかった体重が、たちまち一一〇キロに増えた。

プロレスラーのタフな体つきになったのだ。プロレスラーの体格は、筋肉の鎧《よろい》の上に、薄く脂肪の層がかぶさっているようなものが理想的だ。

脂肪の層は打撃のクッションになり、持久力を保証してくれる。

さらに、長門勝丸は『遠征』と称して、世界のリングを回らされた。自分の生活費を稼ぎながら、修行をするのだが、新人にとってはたいへん苦しい荒行となる。

長門は、その『遠征』から帰ってきたとき、さらに一〇キロ、ウエイトが増えていた。

『遠征』は実に楽しかったと、けろりとした顔で言ってのけ、先輩たちを驚かせた。

その後独立して、今や若手ナンバーワンの人気を誇っている。

彼が今回の異種格闘技戦に飛びついたのは、興行の面で常々苦労をしているからだけではなかった。

話を持ちかけてきたのがAAAKというプロ空手の団体であり、相手が、現在、世界最強の空手マンといわれているリック・クラッシャーだったからだ。

アメリカ人が世界最強の空手マンというのが我慢ならなかった。

長門の格闘技の出発点は空手だった。恵まれた体格を生かした豪快な技を使い、彼は、ほとんど不敗だった。

プロレスの世界に入り、桁違《けたちが》いの体力と体格を実感し、それ以来、体作りから始めてどっぷりとプロレスの世界につかることになる。

だが、長門は空手に見切りをつけたわけでもなければ、空手を軽んじているわけでもない。

事実、空手で身につけたキックは、体重が増えた今、あらためて強力な武器になっている。

長門は、リングの上で、リック・クラッシャーに、『世界最強の空手マン』という称号を返上させようと秘《ひそ》かに心に誓った。

彼はそこまでこだわらなければならないと思った。

そのためには、長門は、空手衣を着てリングへ上がってもいいとさえ思った。それくらいの演出をしたほうがいいかもしれないと、彼は半ば本気で考え始めていた。

長門は、まだそばにいた古参の橋本鉄男に尋ねた。

「リック・クラッシャーの空手に対抗するためのスパーリング・パートナーが欲しいんだけど……。心当たりはないですか？」

「ないことはない。若手レスラーのなかには実戦空手をやっていたやつもいる」

「若手じゃ心もとないな……」

「だいじょうぶだ。この俺が直々にスケジュールを組んでやろう。源空会ＯＢにも知り合いがいるしな……」

橋本は言った。「だがな。本当にこの試合の申し込み、受けていいものかどうか考えたほうがいいぞ」

「なんだ。まだ嫌な予感にこだわってるんですか？」

「けっこう当たるんでな……」

長門はまったく気にした様子はなかった。

13

ジャック・ローガンが、突然特別任務を受けて芹沢猛のもとで空手の訓練を受けることになったのも、また、リック・クラッシャーが長門勝丸に試合を申し込んだのも、ある話し合いにもとづいてのことだった。

話は、以前の『アメリカの良心』の会合までさかのぼる。

その席上で、アーサー・ライトニング・ジュニアが、最新のニュースを発表していた。

「ロサンゼルス郡のノーウォーク市に、日系人の集会所『ノーウォーク道場』というのがある。そこが荒らされ、家具がひっくり返され、書類はまき散らされた。室内の黒板には『Ｇｏ Ｈｏｍｅ』と書かれ、また窓ガラスや冷蔵庫には白いペンキで『ＮＩＰＳ』と殴り書きされていた」

ライトニングはほほえんだ。

ニップスというのはジャップよりもはるかに強い日本人に対する蔑称《べっしょう》だ。

ライトニングは続けた。

「こうしたわがアメリカ市民の動向は、われわれの期待以上のものだ。われわれは日本人の感情を刺激しようとして、日本人殺しを計画した。だが、それに便乗してくれるアメリカ市民がいたということだ。これはとりもなおさず、一般市民の反日感情は確実に高まっているということを物語っている。政府は金欲しさに日本とうまくやろうなどと言っているがね……」

保険会社の社長が言った。

「つまり、『アメリカの良心』に金で雇われた下っ端が、三件の日本人殺しを実行した。それに対する世論が、思ったよりいい方向に進んでいるということですな」

アーサー・ライトニング・ジュニアはうなずいた。

「当初、われわれは、日本の反米意識を煽《あお》るつもりで殺人を計画した。日本は、アメリカがせっかく国際社会で通用する文明国となれるように指導をしてやっているのに、それを内政干渉だなどとあきれはてたことを言っている。彼らは、私たちの親切心が理解できないのだ。日本はアメリカに対して少々頭に来ている。ここで日本人の感情を刺激するような事件を起こせば、あるいは、日本は、実力に訴える行動を起こすかもしれない――」

「それこそが狙《ねら》いだった」

下院議員が言った。「日本政府が、何かごくわずかでもアメリカに対して事を起こせば、今度は、国際世論を味方にして、堂々とアメリカが日本を叩けるというわけだ」

上院議員がうなずく。

「日本はこれまで、アメリカの軍事力に守られ、ひたすら経済活動に専念することができた。今の日本の経済的な繁栄は、アメリカが核の傘で守ってやったおかげだということを忘れている。現在、貿易ではアメリカは日本に負け続けているが、軍事力や国民の愛国心においては問題にならない。つまり、アメリカはその気になれば、いつでも日本を実力で封鎖できるのだ」

「その点は請け合うよ」

軍人が言った。「アメリカはいつでも日本を叩ける。原子力潜水艦から好きなときに核ミサイルを撃ち込めるんだ」

「だが、絶対に、先に軍や政府が動いてはいけない」

アーサー・ライトニング・ジュニアが言った。

「あくまでも、アメリカは売られた喧嘩《けんか》を買わなければならないのだ」

「今回、アメリカ人が日本人を殺したことは喧嘩を売ったことにはならないのか？」

ベテラン俳優が尋ねる。上院議員がこたえた。

「その点は充分に考慮したはずじゃないか。政治的な背景がまったくない犯罪と、ある種の政治的なテロなどとは、性質がまったく異なるからだいじょうぶだ」

「とにかく――」

ライトニングは言った。「その新聞記事は、さらに日本人の怒りをかき立てるのに役立つだろう。諸君、『アメリカの良心』の思う方向に雪玉が転がり始めた。こうした記事は、日本人を刺激するだけでなく、わが合衆国国民の心をも正しい方向に導くに違いない」

「確かに、あの三つの殺人事件によって、事態は計画した方向に向かっております」

ボストン市内にある大学で社会心理学の教鞭《きょうべん》を執っている教授が慎重に言った。

「だが、日本人の気質を考えると、まだまだ不充分な気がします」

「日本人の気質？」

ライトニングが尋ねた。「具体的にはどういうことですかな、教授？」

「日本人は、ある意味で最も暴動を起こしにくい民族であり、憤りや悲しみといった感情を制度のなかに持ち込もうとしない国民性を持っています。言ってみれば、彼らは飼い馴《な》らされた羊のような民族なのです」

「感情を制度のなかに持ち込まないというのはどういうことかな?」

「例えば、日本政府の大臣を務める政治家の何人かは、ロッキード事件やリクルート事件と日本国内で呼ばれている疑獄事件に直接関わっています。大臣以外でも、与党である自民党《LDP》の要職に何人もそうした政治家が就いています。アメリカでは考えられないことです。確かに日本国民はロッキード事件、リクルート事件に対して怒りを感じました。しかし、その怒りを選挙などの制度に反映しようとはしないのです。これらの政治家は選挙をやるたびに当選するのですから」

「なぜだ?」

ベテラン俳優が尋ねた。

すると、上院議員が鼻を鳴らした。

「やつらは民主主義を知らんのさ。せっかく第二次大戦後、わがアメリカが教育してやったというのに、その形だけを猿まねして、精神のかけらも学ばなかった。日本人のやることはいつも同じだ。つまり金で片をつけるのさ。やつら、世界中で女を買うように、選挙では票を金で買うのだ」

教授はうなずいて続けた。

「また、アメリカ人は感情のもつれに対してしばしば弁護士を雇い、訴訟を起こし、またあるときには精神分析医の世話になります。だが、日本人はそうした専門家を利用するということもしません。感情と制度を完全に分けて考えるのです。つまり一般庶民は、いつしか自分の感情を押し殺してひたすら働くという気質を身につけたのです。こうした気質を作り上げたのは、徳川将軍が統治した時代の完全な支配体制だったといわれています」

軍人が言う。

「ガッツがないのさ」

「そのガッツのない国民が怒りに駆られて何かをしでかすようなきっかけを、さらに考えねばならないのです」

教授が言った。「今のままでは、日本人は愚痴を言って終わりです」

「さて諸君」

アーサー・ライトニング・ジュニアが言った。

「アメリカの正義を実行するための秘密結社『アメリカの良心』の、今回の議題が決まったようだ」

「そもそも、劣等人種であるイエローモンキーが、アメリカから先進技術をせっせと盗み、手先の器用さだけにものをいわせて、どんどん改良していった」

大手自動車メーカーの会長が言った。彼はすでに経営からは手を引いていた。だが、自動車産業全体に依然として大きな力を持っている。

彼はさらに言った。「あんな黄色人種がわれわれ優良種たるアングロ・サクソンに、技術面で勝るはずがないのだ。これは、一時的な何かの間違いか、やつらのまやかしだ」

上院議員が言った。

「立場上、気持ちはわかるが、そういう発言はなるべくひかえたほうがいいな。『アメリカの良心』は、その名のとおり、わが国が苦難の後に勝ち取った自由や平等、そして民主主義というものをさらに推し進めるべく結成されたんだ」

「綺麗事《きれいごと》にしか聞こえんな」

自動車メーカーの会長が言った。「私はこうした場だから本音を言ってるのだ」

「私もあんたの言ってることに賛成だ」

映画のプロデューサーが自動車メーカーの会長に言った。「日本はアメリカ映画界のお得意さんだった。自分らじゃろくな映画を作れないから、日本の大衆はアメリカ映画が大好きなんだ。お得意さんでいればよかったんだ。だが、欲深いジャップはそれでは満足できなかった。ソニーが、コロンビア・ピクチャーズ・エンターテインメントを買収し、松下電器《パナソニック》がＭＣＡを買い取り、伊藤忠商事と東芝がタイム・ワーナー社に資本参加してきた。やつら、アメリカの財産ともいうべきエンターテインメントまで金の力でもぎ取ろうとしてるんだ」

「わかっている」

下院議員がわずかに眉を寄せた。「だから、その日本人に対する対策を立てるためにこうして相談をしているのだ。ここでわれわれが感情的になってどうする」

自動車メーカーの会長と映画のプロデューサーは下院議員の言うことを認めた。

あらためてアーサー・ライトニング・ジュニアが大学教授に尋ねた。

「いったい、どういう方法が有効なのだろう。もっと米国内をうろうろしている日本人を殺す必要があるだろうか？」

「いや、殺し過ぎはよくない。合衆国内のヒューマニストたちが、日本人に同情をし始める恐れがありますからね」

「愛すべき、心優しき国民たち、か……。それでは、いったい何を？」

「具体的な案は私にも思いつきませんね。だが、どういうことをやるべきかはわかっています」

「説明してくれたまえ」

「第一に、彼らの精神的なよりどころとなるようなものを踏みにじってやることです。日本人は面子《メンツ》を大切にする民族です。彼らの伝統なり何なりを叩きつぶしてやるのです。だが、それは正当な方法でやらなければなりません」

「精神的なよりどころ……？　伝統……？」

「第二に、日本人がある程度興味を示し、一部の人間が熱狂しているくらいの事柄でなければ意味がありません」

ライトニングはむずかしい顔で一同を眺め回した。

「今の話を、皆、正確に理解できたかね？」

上院議員は言った。

「無理だね……」

一流弁護士が言う。「だが、何となく話の輪郭はわかった。それに沿ってアイディアを出していけばいいわけだ。例えば……、そうだな、伝統的なものを叩きこわしてやるというのであれば、京都の有名な寺に放火してやるとか……」

大学教授がうなずいた。

「発想としては悪くありません。そういった事柄です。だが、その案にはふたつの重大な欠点があります。まずひとつめは、放火したことがアメリカ人のしわざであることを明らかにしなければならない。すると、米国内の国民のなかからまたしても同情的な声が上がることでしょう。なかには謝罪すべきだと言い出す連中もいるかもしれない。第二に放火は正当な方法ではありません」

軍人が言った。

「同じ意味で、皇室関係者の暗殺もだめか……」

上院議員が仰天して言った。

「当たりまえだ。それは宣戦布告と同じことだ。第一次世界大戦のきっかけを知らんわけじゃあるまい」

「そう」

大学教授がうなずく。「国際的な援護も得られません。そればかりか、国際世論が日本に傾くおそれすらあります」

「政治家の誘拐や暗殺も、何の意味もない」

確認するような調子で下院議員が言った。

「はい。日本の政治家は、日本人にとっては誇りでも精神的なよりどころでもありません」

大学教授が言うと、ライトニングがひとりごとのようにつぶやいた。

「なるほど、だんだん問題の本質が見えてきた。つまり、日本人が尊敬し、誇りに思っているものを、文句のつけようがないような方法で破壊すればいいのだ」

「こういうときは、発想を逆にしてみるのだよ」

映画のプロデューサーが言う。「私たちの誇りとは何か？　精神的よりどころとは何か……」

俳優がおどけたように言う。

「私にとってはハリウッド映画だ。皆さんがまだそう思ってくだされば幸いだが……」

大学教授が即座に言った。

「いい発想です。そういった、身近なもので大切なものです。さあ、皆さん。他には何がありますか？」

軍人が言う。

「わが軍の兵士は世界一だと思いたいね」

「もっとプライベートな点では？」

「ヤンキースが負けると我慢できない」

軍人に続いて銀行頭取が言った。

「野球もいいが、私の場合はフットボールだ。何といっても、アメリカ人が作った最もエキサイティングなゲームだ」

ライトニングが言った。

「本質に近づいてきたような気がする。さて、日本人にとってのベースボールやフットボールといったら何だろう？」

映画のプロデューサーが言った。

「武道だよ！　日本人は、いまだに武道に誇りを持っている。そして、それは伝統に根ざしている。そうじゃないか！」

大学教授は驚いたように言った。

「皆さん。私たちはひとつの結論にたどりついたようです。武道は伝統を持ち、日本人のある程度の心のよりどころとなっており、今でも武道の試合に熱狂する人は少なくない」

ライトニングが言った。

「問題は、具体的にどうするか、だ」

映画のプロデューサーが考え考え言う。

「日本のチャンピオンを、アメリカの選手があっさりと打ち負かしてしまえばいいんだ。日本で開かれる大会に、アメリカ人の強い選手を送り込むのがいい……」

「武道といってもいろいろあるが……」

ライトニングが言うと、映画プロデューサーがこたえた。

「ジュウドウかカラテがいい。ジュウドウの試合は閉鎖的で選手として出場するのはむずかしいが、確か、カラテの大会で誰でも参加できるものがあったはずだ。しかも、その大会は、たいへんに人気がある」

「だが、チャンピオンを倒すようなカラテマンがいるのか？」

ライトニングが言うと、軍人が請け合った。

「海兵隊や陸軍の特殊部隊を捜せばいくらでもいるさ」

映画プロデューサーはさらに言った。自分が企画した作品のことをしゃべっているようだった。

「それはアマチュアの部分だ。ショウ的にはもっと派手な演出がいる。そうだな……。かつて、われわれは、プロレスで日本人に悪役をやらせ、それをやっつけていた。日本では当然、その逆が行なわれる。リングの上でプロレスラーは強力なカリスマ性を持つ。そこでだ……。日本の人気レスラーを、ひとり血祭りに上げるんだ……」

「カラテマンも、ただ勝つだけではいかんな」

軍人が言う。「最低、相手の選手に再起不能になってもらわねば……」

大学教授が満足げにうなずき、ライトニングが言った。

「よろしい。結論は出たようだ」

14

源空会国際大会は、日本武道館で二日間にわたり、開催される。

原則的には、どの空手の流派も出場できるし、テコンドー、ムエタイ、中国武術など、空手と同様な戦いかたをする格闘技の参加も認めている。

だが、実際のところ、他の格闘技はおろか、空手の他流派の出場もきわめて少ない。

源空会の過激な組手のイメージがマスコミによって強調されていたし、事実、直接打突のダメージに耐える訓練を長年にわたって続けていないと、源空会の試合に出場するのは危険だった。

特に年に一度の国際大会ということになれば、源空会のなかでも選《え》りすぐりの選手が出場するのだ。

日本武道館の入場観客数は約一万人だ。今どき、アイドル歌手のコンサートでも一万人はなかなか動員できない。

だが、源空会国際大会のチケットは、発売して間もなく売り切れた。源空会の門弟ももちろん買うが、真剣勝負の迫力に魅せられた格闘技ファンが観客のかなりを占めた。

武道関係の雑誌だけでなく、一般のマスコミ関係者も詰めかける。

さらに、試合の模様はテレビで放映されるため、中継用のスタッフがコートの周囲を絶えず行き来している。

満員の武道館は、一種独特の興奮に包まれていた。

これから始まる、過激な戦いをまえに、観客たちが血をたぎらせている感じだ。

それは、危険な雰囲気さえはらんでいた。気弱な者は、その異様な圧力に、気が萎《な》えてしまうかもしれなかった。

一日目は予戦の第一試合から第三試合までが行なわれる。

選手控え室はAからDまで四つあった。

九門塾の塾長、九門高英は控え室Dにいた。源空会の選手たちが遠慮なく九門高英のほうを見ていた。

突きや蹴りをまるで挑発するように繰り返している者もいる。

彼らは九門高英の顔を知っていた。どのような空手をやるかも研究しているはずだ。空手の専門誌が、一時期九門高英を大きく取り上げ、その誌上で九門は、自分の空手の理念やテクニックについて詳しく語っている。源空会の国際大会に出場するほどの選手たちなら当然その一連の記事を読んでいるはずだった。

九門塾の師範がふたり付いてきていたが、彼らのほうが九門本人よりずっとまわりの選手のことを気にしていた。

彼らは、何か起こったら、自分たちが犠牲になってでも九門を守らねばならないと考えていた。

強さという点では、九門高英については何の心配もいらない。

何か問題が起き、試合に出られなくなるような事態になるのを恐れているのだ。

その場に、屋部長篤がいた。

屋部は汗をかいている。顔が紅潮している。

彼は、この国際大会の日まで、九門とともにいたのだった。

すでに、九門塾のテクニックをほとんどものにしていた。九門塾の師範たちと、彼らのルール――つまりヘッドギアとグローブ付きのフルコンタクト制で戦っても、負けることがないほどになっていた。

九門は、屋部の様子がおかしいのに気づくほど落ち着いていた。

選手たちは不安を紛らわすために、ひたすら、シャドウを繰り返したり、突きや蹴りの練習をして汗を流す。

九門は、椅子にすわったままだった。すでにストレッチとアップは終えている。

九門は屋部に尋ねた。

「どうした？　気分でも悪いのか？」

屋部は九門のほうを見ずに、ネルのワークシャツの袖《そで》で額の汗をぐいとぬぐった。

彼は、大きくふうっと一息ついてから言った。

「この会場の雰囲気だ……」

「わかるよ」

九門高英は言った。

「闘気とでもいうのかな？　猛々《たけだけ》しい戦いの気分が、血をたぎらせるのだろう？　私もそうだ」

「この気持ち、一度味わうと忘れられなくなるな」

「雄の本能だと思っているよ。どんなにひ弱だと思われている男でも、また自分ではいくじがないと信じ込んでいる男でも、男である限り、この雄の本能を必ず持っている。一度戦う味を覚えたら、また戦わずにいられなくなる」

屋部はまた汗をふいて九門のほうを見た。

「最近、俺はそういう男に会った」

「弱虫であることを恥じることはない。ただ男である限り、自分のなかに雄の本能が眠っていることを信じていればいいんだ」

屋部は、九門をあらためて見直した。

試合の直前、あるいは最中に、これだけ冷静に物を話せる選手は少ない。

一門を率いる男というのはやはり違うものだ、と屋部は思った。


ジャック・ローガンと芹沢猛は控え室のBにいた。

試合会場のなかには、もちろん芹沢と顔見知りの人間がたくさんいた。

芹沢に指導をされた者も多い。その連中が今は、指導員をやっていたりする。

彼らは、芹沢に会うと驚き、「オス」とお定まりの挨拶をした。

芹沢は彼らをことごとく無視した。そればかりか、先輩に当たる師範に会ったときにも、会釈すらしなかった。

彼は旧交を温めに来たわけではなかった。敵地に乗り込んできたのだ。

ローガンは、周囲の選手を威圧していた。一九五センチという体格のせいもあるが、何より、彼の自信のせいだった。

米海兵隊で鍛え抜かれたマーシャルアーツに加えて、芹沢空手の鍛錬を受けたのだ。

芹沢空手の呼吸法と体のうねりを瞬時に利用する打撃法は、ローガンの技のスピードと破壊力をたちまち倍ほどにも高めた。

芹沢空手のテクニックは、中国武術で言う勁《けい》を利用した打ちかただ。

勁を利用すれば、大きなモーションは必要なくなる。小さな動きでも、大きなモーションをつけたときと同様の破壊力を得られるからだ。

その分、動きは早くシャープになる。

ローガンは、芹沢空手のひとつの完成型でもあった。

さらにローガンは、この大会出場が、自分の兵士としての任務であることを自覚していたので、比較的冷静に試合の雰囲気を受けとめることができた。

「あんたが一番おっかない顔してるぜ、センセイ」

ローガンは、日本語でセンセイと発音した。

「袋叩きにされてつまみ出されても仕方はないのだからな。不思議はあるまい」

「いったい、あんたと源空会の間に何があったんだ？」

「君には関係ない」

「それはそうだな。だが、あんたが源空会を憎む気持ちが俺に伝われば、多少はやりやすくなると思ってな……。つまり、殺人を……」

　ふたりはひそひそと、しかも早口の米語で会話していたため、周囲の選手は、まったく内容を理解できなかった。

　芹沢猛は、鼻で笑ってから言った。

「黄色い猿を殺すことなど何とも思っておらんくせに」

「こう見えても俺は気が優しいんだ。犬や猫だって殺すのは気が滅入《めい》るもんだ」

「源空会は私の人生をめちゃくちゃにした」

「破門されたんだってな……。その程度で人生が狂うってのは、ちょっと考えが甘いんじゃないか？」

「私は結婚して間もなく、ニューヨーク支部を作るように源空会の館長から命令された。館長の命令は絶対だ。私はニューヨークへ行かなければならなかった」

「実力を評価されたんだ。いいことじゃないか」

「そう。確かに実力は評価された。だがな、源空会が支部を作れ、というときは、ひとりで一から始めろということなのだ。資金的な援助は一切ない」

「本当か？　そいつはひどいな」

「そんな状態で女房を連れて行けるわけがない。私は、単身ニューヨークに乗り込んだ。そして、死にもの狂いで門弟を集め、ようやく道場を開くに至った。幸い、当時はアメリカもカラテ・ブームでな……。何とかやれた。

一段落ついたので女房を呼ぼうと思った。ところが、女房は、私がアメリカに発つまえから妊娠していたのだ。私は、女房が身重なのにさえ気づかず、空手一色の生活を送っていた。もちろん、金など送れない」

「源空会で奥さんの面倒は見てくれなかったのか？」

「空手の道場がそこまで面倒は見ない」

「だが、センセイはその道場の職員だったのだろう？」

「そうだ。だが、自分と身内の食い扶持《ぶち》は自分で何とかする、というのが源空会の支部作りのシステムなのだ」

「納得できんな……」

「女房はすでに臨月を迎えていた。私は本部に一時帰国したいと申し出た。だが、師範会議でそれは却下された」

「なぜだ？」

「まだ館長の命令を全うしていないからだというのが理由だ」

「道場はできたのだろう？」

「ああ。だが、まだ館長から支部の認定を正式に受けていなかった」

「どうすれば認められたんだ？」

「規定の上納金を支払うのさ。だが、その金を出せるまでに至っていなかった」

「金が問題なのか……」

「そうじゃない。つまり、例外をひとつでも認めると、示しがつかなくなる、というのが師範会の結論だったのだ」

「それで奥さんは？」

「心労と生活苦が重なっていたんだろう。母体が弱っていたため、死産だった。そして、女房も、その出血に耐えられず、死んだ」

「なんてこった」

「女房の死を知った私は、無我夢中で帰国した」

「当然だな」

「だが、源空会は命令にそむいたとして、私を謹慎処分にした。謹慎が解けて本部へ行くと、ブラジルに支部を作れ、と言われた。私は耳を疑った。私が女房子供まで犠牲にしてようやく作り上げたニューヨーク道場はどうなるのか……」

「どうなったんだ？」

「すでに後任者が決まっていた。その男は私の後輩に当たる男だ。私が敷いたレールの上を進めば、じきにニューヨークの道場は支部として認められる。私は、ブラジルへ行けと言われたときにとても冷静ではいられなかった」

ローガンは、すでに相槌《あいづち》も打てない気分になっていた。

「私は、女房子供の遺骨を持ってニューヨークに引き返した。やがて、そこに後任の指導員がやってきた。私はその後輩を叩きのめし放り出した」

芹沢猛はそこまで話して凄味《すごみ》のある笑いを浮かべた。「それで破門だ」

ジャック・ローガンはうなるように言った。

「試合まえにいい話を聞かせてもらった。これで俺はいっそう残忍になれそうな気がする」

控え室のAからDという記号は、トーナメントの四つのブロックを示していた。そしてブロックごとに、四つのコートで予戦は進められる。

つまり、控え室Aにいた選手はAコートで、控え室Bにいた選手はBコートで戦うというわけだ。

選手係が控え室Dへやってきて言った。

「九門選手、準備願います」

そして、彼は、九門の相手をする選手にも声をかけた。

相手は二十代前半の体格のいい選手だった。まわりにいる仲間の様子から大学の空手部らしいことがわかる。

その学生選手は、控え室を出るまえから九門を睨みつけていた。

九門高英は相手のほうを見ようとしなかった。

九門は九門塾の師範ふたりと屋部に言った。

「行こうか」

長門勝丸は、橋本鉄男とともに最前列の席に腰かけ、試合をじっと見つめていた。

プロ・アマ含めて、フルコンタクト・ルールでは最大の大会がこの源空会国際大会だった。

フルコンタクト系空手では最高水準の試合といっていい。

長門勝丸はこの試合を見学することは、リック・クラッシャー攻略のために、たいへん意義のあることだと考えていた。

フルコンタクトの試合は、予戦のほうが見物するには面白いと言われている。実力差が比較的大きい選手同士が当たることが多いので、派手なノックアウト・シーンなどが見られるからだ。

長門勝丸は橋本鉄男に言った。

「体の柔軟な選手が強いな」

「格闘技は何でもそうさ。相撲だってプロレスだってな……。空手も例外じゃない」

「相変わらず決め技は蹴りが多いな」

「ルールのせいさ。顔面にパンチを打ち込めるとなりゃもっとパンチの比重は増える。顔面および頭部を攻撃しようと思ったら蹴りしかなくなる」

長門勝丸はうなずいた。

「それと、ローキックのおそろしさだ」

「そう。ローキックはすごく実戦的な技だ。一発KOも狙えるし、ダメージを蓄積させて相手の動きを封じることもできる」

「リック・クラッシャーに、俺のローキックは通用するかな?」

「さあな。だが、通用しようがしまいがローキックは出し続けることだな。一発でもヒットすればしめたもんだ」

「おい、Ｄコートの選手控えを見ろよ」

長門勝丸がそちらの方向を顎で差し示した。橋本はそちらを見た。

会場に九門高英が現れたところだった。九門高英は選手控えに腰を降ろした。九門塾の師範と屋部長篤がそれを取り囲むようにしてすわった。

長門勝丸が言う。

「注目の選手だ。九門高英……」

橋本鉄男はうなずいた。

「ああ……。だが、噂ほどやるかな?」

「なぜだ?」

「第一に、源空会の選手たちに比べ、体格に恵まれていない。九門は一七五センチあるかないかだ。体重も七〇キロはないだろう。フルコンタクトでは、ウエイトとリーチがかなりものをいう」

「そんなことはわかりきっている。それでもなおかつ、やるとしたら、面白いじゃないか」

「九門高英が不利だと思う理由は、体格のことだけじゃない。彼のスタイルは、源空会ルールと相容れないんだ。九門高英のスタイルは、もともと体格のハンディーを克服するために工夫されたものだが、顔面へのパンチの連打が基本だ。だが、源空会ルールでは顔面へのパンチは禁じられている」

「だけど、九門ほどの男なら、何とかするんじゃないの？」

「望み薄だが、彼が勝ち登っていくようなことがあれば、おおいに参考になることは確かだな」

九門の前の試合が終わった。九門の名が呼ばれ、彼は一段高いコートに上がった。

九門塾のふたりの師範がコート際まで行った。

主審が試合開始線に立って向かい合ったふたりの選手を交互に見る。

やがて主審は号令をかけた。

「勝負一本。始め！」

源空会の大学生選手は、両手を顔面の両脇まで上げ、威嚇《いかく》するような声を張り上げてから、徐々に近づいてきた。

九門は退《さ》がらなかった。

源空会の大学生選手が、いきなりランニング・キックを発した。

最も長い距離を一気につめながら攻撃できる蹴りだ。

一度前蹴りと見せておいて、そこから膝をくるりと回転させ、上段回し蹴りに変化させた。

膝を回転させたとき、軸足の踵を上げて前方へぐいと押し出す感じにして、蹴りにウエイトとスピードを乗せる。

いわゆる『二枚蹴り』という変化技だった。すばらしいスピードで、観客や他の選手たちは、完全に「技あり」か「一本」を取った、と思った。

だが、九門高英に対して、フェイントを使い、なおかつ上段の回し蹴りという大技を使うのは、相手をなめている、と言われてもしかたがなかった。

九門は最初のフェイントですでに相手の技をすべて読み切った。

回し蹴りに変化するその瞬間に一歩進んで相手の軸足にローキックを見舞った。

外側から叩きつけるローキックではなく、内側から刈るようなローキックだ。

完全に無防備な状態の内腿《うちもも》にヒットした。

相手の学生選手は回し蹴りのインパクトの状態にいくまえに、腰を崩していた。

そのまま尻もちをつく。

「止《や》め！」

主審が試合を一旦止め、仕切り直しをしようとした。「両選手、試合開始線へ」

九門は悠々ともとの位置へ戻った。

だが、相手は立ち上がれなかった。見ると苦痛に顔をゆがめている。主審がその選手に歩み寄り、様子を見る。

やがて、主審は九門高英の一本勝ちをコールした。

会場がざわめいた。何が起こったのか、一般の人々にはわからなかったのだ。試合の主審をやるほどの空手のベテランにも一瞬わかりかねたのだから当然だ。

長門勝丸は言った。

「さすがだな」

「ふん……。相手が無謀すぎるのよ。まだ予選だ」

「だが、あのタイミングはきわめて高度だった」

「わかったか……」

「当然だ。格闘のプロだぜ、俺は。それに、俺はもともと空手出身だ」

橋本はうなずいた。

「九門は退がらなかった。常に気が前へ行っていた。でなければ、あのタイミングは取れない。完全に相手のフェイントを読み回し蹴りのカウンターになっていた」

「タイミングだけじゃない。上段回し蹴りで最も無防備になるところを的確に攻めた。しかも、腿の外側なら、練習でローキックをくらうのは慣れているだろうが、内腿はあまり経験がないだろう。内腿も急所には違いないんだ」

「さらに言うとな、実戦だったら、内腿じゃなく金的を蹴りつぶしていただろうな」

「そういうことだ」

長門勝丸はうなずいた。

そのとき、観客席の一部がどっとわいた。Bコートに近い観客席だった。

「何だ？」

長門勝丸は思わずつぶやいていた。橋本鉄男がこたえた。

「Bコートのようだな……」

長門はBコートを見た。

白人の巨漢が立っていた。その反対側のコートのライン際で、選手が倒れていた。そのまわりに係員やドクターが集まっている。

やがてタンカが持ち込まれた。

長門勝丸は誰に訊くともなしにつぶやいていた。

「何があったんだ……」

橋本鉄男は、ふと気づいてこたえた。

「何があったか知らんが、あの外国人は今回、台風の眼になるだろう……。いっしょにいるのは、もと源空会の芹沢猛だ」

長門も芹沢猛の名は知っていた。

「あのざわめきの理由を知りたいもんだな……」

「あの……」

隣りの席にいたマスコミ関係者らしい男がおずおずと声をかけてきた。「私、ちょうどあのコートを見ていたのですが……」

長門は尋ねた。

「いったい何があったんです?」

「試合が始まってすぐ、お互いが歩を進めたんです。ふたりの体が重なり合ったように見えました。次の瞬間、日本の選手が後方に吹っ飛んで、そのまま動かなくなったのです」

長門と橋本は顔を見合わせた。

長門はその男にもう一度尋ねた。

「あの外国人選手は何をやったのです?」

「それが、その……」

男は言った。「何もやらなかったようにしか見えなかったんですよ」

15

芹沢猛はジャック・ローガンに言った。

「いい調子だ……」

「どうってことねえよ」

「おそらく相手は病院に運ばれ、即、入院だ」

そのとき、ジャック・ローガンは、すさまじい視線を感じた。

その男は、ジャック・ローガンをじっと見すえたまま眼をそらそうとしない。獣が自分のなわばりのなかに、同類の獣を発見したときのような眼差《まなざ》しだ。

ローガンは一瞬だが、その眼差しにたじろいだ。だがすぐに彼は気を取り直し睨《にら》み返した。

ふたりはしばし睨み合っていた。

やがて、相手が眼をそらした。ローガンは芹沢猛に尋ねた。

「あの男を知っているか？」

芹沢は、ローガンが指差すほうを見た。

「あの髯《ひげ》の男か？」

「そうだ」

「知らんな。どうかしたのか？」

「おそらく、かなりの格闘技家だ。俺の神経をひどく逆なでする感じなんだ」

芹沢はもう一度そちらを見た。

「道衣を着ていないから、出場選手ではなさそうだ。待てよ……。そばにいるのは九門高英だ。雑誌で見たことがある」

「何者だ？」

「新しいフルコンタクトの流派を作った男だ。日本ではかなり名が売れているらしい」

「あの体格ではそれほどやるとは思えんな……。それより、あの髯の男が気になる」

「油断は禁物だ。武道には、体格のハンディーを克服する方法がいくらでもあるんだ。一流派を成すというのは並たいていのことではない。それに、少なくともあの髯の男と今回の試合で戦うことはないが、九門とは戦う可能性があるんだ」

「わかったよ、センセイ」

屋部長篤は、Bコートの試合を見て慄然《りつぜん》とした。

Dコートでの九門高英の戦いぶりは申し分なく、いい気分になったが、その直後目撃したBコート上での出来事で、その気分が吹っ飛んでしまった。

ジャック・ローガンという名の白人選手は見事な五寸打ちを見せた。

接近戦から、相手の膻中《だんちゅう》に五寸打ちを見舞ったのだ。

フルコンタクトに慣れた外国人選手だろうと思って見ていた屋部は仰天した。日本の空手家のなかにも、これほど見事な突きを出す者は少ない。

五寸打ちは、空手の突きの究極といってもいい。フルコンタクト系空手のトレーニングだけでは絶対に身につかない。

屋部長篤は九門に言った。

「あそこにいるジャック・ローガンという選手、注意したほうがいい」

「どうした？」

「相手を病院送りにしちまったんだが……」

「源空会の試合では珍しいことではない」

「そのときの技が問題だ。見事な五寸打ちだった。ほとんどぶつかり合うくらいの近距離から膻中へ一発だ。それで相手は後方へ大きく吹っ飛んだ。相手がパンチも蹴りも出せないくらいの近い距離からだ」

「五寸打ちだって？　白人選手がか……」

九門はローガンのほうを見た。そして、ローガンといっしょにいる芹沢猛に気づいた。

「なるほどな……」

九門高英は言った。「あんたの言ったことは間違いないようだ」

「どういう意味だ？」

「ジャック・ローガンといったか？　あの白人選手といっしょにいるのは、芹沢猛だ」

「何者だ？」

九門は驚いた。

「あんたほどの空手家が芹沢を知らないのか？」

「自分の修行に忙しくて、他人のことを気にする暇がなかったんだ」

「芹沢猛は源空会で師範までつとめた男だ。ニューヨーク支部を作る途中で破門になっている」

「なぜ破門に……？」

「理由はよく知らない。後輩に対して暴行をはたらいたのだそうだが……。問題は間違いなく彼が天才的な空手家だったということだ。フルコンタクトだけでなく、伝統的な空手も熱心に研究していたし、中国武術にも精通していたようだ。彼が指導したのなら、五寸打ちができても不思議はないな」

「俺は何度も野試合や道場破りを繰り返してきた。幾度か死線をくぐり抜けてきた。その経験から言うのだが、あの男はきわめて危険だ」

「勘か？」

「いや、もっと確かなものだ」

「わかった。彼と当たるときは注意しよう」

Aコートと、Cコートでは、それぞれ、シード選手だった園田三郎三段と、梁瀬広将の試合が始まっていた。

園田は、体格を生かして、重い突き蹴りを連発し、相手を圧倒した。決して退がらず、相手の攻撃などものともせずに、攻めまくり「技あり」ふたつを取って合わせて一本の勝ちとなった。

まずは順当な戦いぶりと言えた。

一方、梁瀬広将のほうは、最初から観客を喜ばせた。

相手が突きに出てくるところを、わずかにバックステップで見切り、すぐさま、右のローキックを叩き込んだ。

鞭《むち》のようにしなるローキックだ。

それで相手はバランスを崩した。梁瀬はローキックを出した足を着地すると同時に、回転する勢いを利用して左の後ろ回し蹴りにつないだ。

相手は頭部をガードしたが、その腕もろとも相手を弾き飛ばした。衝撃が大きく、相手は軽い脳震盪《のうしんとう》を起こして、すとんと腰を落としてしまった。

これはＫＯと見なされ、一本勝ちとなった。

鮮やかな蹴りの大技だった。

「いいね……」

本部席中央にいた高田源太郎館長はうなずいた。「梁瀬の仕上がりはよさそうだ」

牛島最高師範がとなりにいた。彼はうなずいた。

「ええ。充分に優勝を狙えますよ」

「優勝してもらわねば困る。空手がオリンピックの正式種目となった暁には、梁瀬のような選手が必要だ」

彼は、周囲の人に話を聞かれないように、用心してしゃべっていた。

心持ち、体を牛島最高師範のほうに傾けていたが、高田源太郎は、さらに顔を近づけた。

「芹沢が連れて来おった白人選手は要注意だ。明日の決勝に残って来るかもしれん。今のうちに、わかる限りの情報を集めておけ」

「わかりました」

牛島は、大会役員のひとりに、高田館長の言葉そのままに命じた。

その役員はすぐさま席を立った。

高田源太郎は、体をまっすぐに伸ばすと腕を組んだ。

「それと九門高英だ……」

牛島がこたえた。

「彼については、源空会ルールが味方してくれると思いますが……」

「私もそう思っていた。あやつの顔を見るまではな……」

「あやつ……？」

「九門のそばに屋部長篤がいる。例の園田をたった一撃で倒した男だ」

「……そうか……、思い出しました」

「屋部長篤が九門についたとなると、多少面倒になるかもしれんな……」

高田源太郎の戦いを見る眼はきわめて正確だ。

牛島はそれを知り尽くしているだけに、何も言えなかった。


「君は、おそらくこの男のことを探しているのだと思うが……」

内閣情報調査室の室長、石倉良一が自慢げに言った。

石倉の部屋に呼ばれ、机のまえに立っていた陣内平吉は、その机の上のファイルに手を伸ばした。

開くと、英文のレポートに、写真のコピーがクリップで止められていた。

写真も英文も、ファクシミリで送られてきたもののようだ。

その写真はやや不鮮明ではあったが、充分に顔の特徴を見て取ることはできた。

「英語はだいじょうぶなんだろう？　陣内くん」

石倉室長は、外務官僚のエリート意識をむき出しにして言った。

陣内は取り合わず、ファイルに眼を通しながら言った。

「ええ、まあ……」

もちろん、陣内はレポートの内容を充分に理解できた。彼は、レポートに書かれている人物の名前をつぶやいた。

「ジャック・ローガン……」

石倉室長はうれしそうにうなずいた。

「そうだ。海兵隊員だ。格闘技の成績はずば抜けていたが、それ以外は、あまりぱっとしないと書いてある」

読めばわかりますよ、と喉まで出かかったが、陣内はその言葉を呑み込んだ。

「そうですか……」

「軍はその男を代表として選んだようだ」

「代表ね……」

陣内はファイルを閉じた。ファイルには通りいっぺんのプロフィールが記されているだけだった。知りたいことは別にあったし、このジャック・ローガンが知りたい人物であるかどうかはまだわからない。彼は言った。

「軍を代表する格闘技の選手……。いったい、そんな男に何をさせようというのでしようね……？」

「知りたいかね？」

石倉はさらにうれしそうに言った。

陣内は上目づかいに上司を見た。意外そうな表情だった。

「知ってるのですか？」

「外務省のコネクションをなめてもらっちゃこまるな。私たちは、今夜の米大統領の夕食のメニューまで知っている」

「とりあえず、大統領の夕食より、ジャック・ローガンの件に興味があります。彼は何をやらされているんです？」

「聞いたら君はがっかりして、自分の見当違いに気づくだろう」

「ほう……」

「そのジャック・ローガンという男は、今開かれている空手の試合に出場しているよ」

「空手の試合？　どこの試合です？　アメリカ国内ですか？」

「いや、日本の大会だよ。確か源空会とかいう流派の大会だ」

「源空会の大会……」

陣内の思考回路を刺激する何かがあった。彼は、考え込んだ。無意識のうちに陣内はもう一度つぶやいていた。「源空会の大会……」

石倉は勝ち誇ったように言った。

「危機管理対策室の下条くんと何やら話し合っとったようだが、そのあげくが、たかが空手の試合だったというわけだ」

陣内はその言葉を聞いていなかった。

彼は必要な情報がほとんどそろったような気がし始めていた。

陣内は、ぱっと顔を上げると石倉に言った。

「すばらしい。さすがは外務省のコネクションです。室長は金的を射止めたのかもしれません」

「何だいそれは。皮肉かね……」

「とんでもない。失礼します」

陣内はファイルを持って室長の個室を飛び出して行った。

彼はそのまま、情報調査室の大部屋を横切り、外へ出た。

部下たちが、またか、といった顔で苦笑し合った。

陣内は首相官邸まで一気に駆け、危機管理対策室を訪ねた。

下条室長の小部屋のドアをノックし、返事があるまえに開けた。

「陣内か。何だ？」

下条はすぐに用件を尋ねた。

「外務省のコネクションが、問題の男を発見したようです。この男です」

陣内は机越しにファイルを手渡した。

下条はまず写真のコピーを眺め、プロフィールを流し読みした。

陣内は言った。

「その男は今開かれている源空会という空手の流派の大会に参加しています」

下条は顔を上げて眉をひそめた。

「空手の大会？」

彼は言った。「アメリカの陸海空三軍および海兵隊から、格闘技の代表を選び出す――。その目的が空手の試合に出場させることだったと言うのか？　私たちは、そんな酔狂に付き合うために時間と人員を割いていたのか？」

「情報調査室の石倉室長も、たかが空手の試合、と言っていました。だが、私にはそうは思えないのですよ」

下条はファイルを机の上に放り出した。

「私たちは忙しい。君を含めてだ。格闘技の強いアメリカ人が空手の試合に参加したからどうだというんだ。そんなものに関わり合う必要はない」

「そう思えるところに落とし穴があるような気がしますが……」

下条は表情を引き締めた。陣内の言葉には常に耳を貸す価値がある。下条はそのことを何度も思い知らされているのだ。

「空手の試合に選手を送り込んだくらいで何ができるというんだ？」

「それはわかりません。でも、われわれは、そういうことに詳しい連中をかかえています」

「『外交研究委員会』か？」

「そうです。源空会の試合は、今日と明日の二日にわたって行なわれているはずです。今日は間に合いませんが、明日の試合には、彼らは観客として行かせたいと思います」

下条はしばらく考えてから言った。

「いいだろう。『外交研究委員会』は君の持ち駒だ。好きに動かしたまえ」

「そうさせていただきます」

陣内は首相官邸をあとにして、自分の席に戻ると、電話の短縮ダイヤルを使って次々に『外交研究委員会』のポケットベルを呼び出していった。

真っ先に電話をかけてきたのは、陳果永だった。

「俺は確かに、犬拳をやるが、これじゃ、本当の犬だな」

陳果永は言った。陣内はほほえんでいた。文句を言っているが、陳が仕事を欲しがっているのがよくわかった。

陣内は言った。

「今夜八時。南青山のオフィスに来られますか？」

「行くよ。俺は犬だからな。ご主人さまのおおせのままに、だ」

言葉とは裏腹に、最も御しにくいのがこの陳果永だ、と陣内は思っていた。

「では、後ほど」

次に、秋山から電話がかかってきた。

「ポケットベルがこんなに無神経な音を立てるとは思いませんでした」

秋山が言った。陣内はこたえた。

「人によって印象が違うようです。音が聞き取りにくいという人さえいますよ」

「僕はたいてい静かな場所にいますから……」

「ベルが鳴ったとき、どこにおいででした？」

「図書館です」

「それはタイミングが悪かった……。今夜八時、例のオフィスへ来られますか？」

「だいじょうぶです」

「では、後ほどお会いしましょう」

三番目に電話をかけてきたのは熱田澪だった。

澪はポケットベルについての感想は何も言わなかった。

陣内も要件だけ言った。

屋部長篤からの電話はいつまでたってもかかってこなかった。その後、陣内は、二度、屋部を呼び出した。それでも連絡はなかった。

「すべての足並がそろうとは限らないものだ……」

陣内はつぶやくと、内線電話をかけ、別室にいる部下を呼び出した。

その部下が出ると陣内は言った。

「屋部長篤のポケットベルに仕込んだ発信機は作動しているか？」

部下は、コンピューターのキーを叩いているようだった。軽快なタッチの音がかすかに聞こえる。

「作動してます」

「今、どこにいる？」

部下がまたコンピューターのキーを叩くのがわかる。複数の人工衛星によるシステムで信号の位置が割り出されるのだ。

「東京です。地図を重ね合わせると、九段下のあたりですね。おそらく武道館のなかにいるのではないかと思います」

「ほう……」

陣内は内線電話を切った。ひとりごとを言う。

「私より先を読む人間がいるか……。しかし、屋部長篤がまさかな……」

16

屋部はポケットベルを無視した。呼び出しがあっても、九門高英のそばから離れる気はなかった。

今、屋部は、最も好ましい場所にいる、と感じていた。戦う男たちに囲まれていて、気分が高揚していた。

そして、九門高英はこの大会では異端者だ。源空会の選手たちは、露骨に敵視している。屋部にとってみれば、その緊張感がまた悪くないのだった。

九門は第二試合も危なげなく勝ち、第三試合に進んでいた。

相手は九門よりやや身長が高いが、似たようなタイプだった。

自分と似たタイプとは戦いにくいものだ。

九門は試合が始まるとすぐに、右手右足を前にした半身で構えた。

ボクシングでいうとサウスポースタイルということになる。空手においても逆構えとなる。

九門と相手選手はいわゆる喧嘩四つの体勢になる。

九門は、接近戦でカウンターを狙う作戦に出たのだ。これは九門の得意な戦いかただ。

相手が自分に似たタイプだからと言って、自分の戦いかたを捨てるのは愚かだ。奇策は時に大きな成果をもたらすが、墓穴を掘ることのほうが多い。

自分の得意な戦法を守り、そのなかで変化をつけていくことが大切なのだ。

九門がサウスポーに構えたのは、自分の戦法を生かすための変化に過ぎない。

右手での突きを最優先したのだ。とにかく相手がぴくりとでも動こうものなら、全体重を乗せた右拳を迷わず打ち込むつもりだった。

そのためには、右拳が相手の体の近くにあったほうがいい。

パンチを繰り出す距離が短くなるとそれだけ威力が小さくなるような印象があるが、それは錯覚に過ぎない。

問題はテイクバックよりむしろ、フォロースルーだ。つまり相手の体の向こうまで打ち抜くような気持ちが大切なのだ。

九門は、その右の一発を狙ってじっと相手を見ていた。

ちょうど弓を引き絞った状態で相手を待っているのに等しい。

相手がじれて、ワンツーを出そうとした。その瞬間に、九門の右拳が胸に炸裂《さくれつ》していた。

右拳はうなりを上げて相手の左側の肋骨の最下端のあたりに深々と叩き込まれた。

肋骨の切れ目のあたりにパンチが入るとひどいショックがあり、息ができなくなる。

横隔膜がけいれんするのだ。

相手はひるんだ。

その隙《すき》に、すさまじいスピードで左右の拳が打ち込まれた。中段のありとあらゆる部位に突きが入った。

相手はたまらず二歩、三歩と退がった。もう一歩退がろうと相手が体重を後ろにかけた瞬間、九門は強力な前蹴りを中段に見舞った。

相手はそのまま尻もちをつき、なかなか立ち上がろうとしなかった。

審判が九門の一本勝ちを宣言した。

Ａコートでは園田三段が、Ｂコートではジャック・ローガンが、そしてＣコートでは梁瀬二段が順調に勝ち進んでいた。


南青山の事務所に、陳果永、秋山隆幸、熱田澪の三人がすでにやってきていた。

八時ちょうどに陣内が現れた。

「皆さんおそろいのようですね」

「屋部長篤がいないよ」

陳果永は言った。

「ああ……。彼ならいいのです」

「抜けたのか？」

「そうではないと思います。まあ、おいおい説明します」

陣内は、アタッシェケースから、写真のコピーを取り出して、一番近くにいた秋山に手渡した。

秋山はその写真のコピーを見つめた。

陣内は説明した。

「ジャック・ローガン。アメリカの海兵隊員で格闘技のエキスパートです。彼は、今日と明日、武道館で開かれている源空会の世界大会に出場しています」

秋山は、写真から顔を上げて陣内の顔を見た。

「だから、どうだというんです？」

「その点がわからないから問題なんだ。例のアメリカの秘密結社が、ジャック・ローガンを選び出したのは、ほぼ確かなのです」

秋山は訳がわからない、といった表情で陣内を見つめていたが、ふと気づいたように、写真のコピーを、隣りの席にいた熱田澪に手渡した。

澪はそれを見ると、椅子から立ち上がり、ソファに身を沈めている陳のところまで行って、手渡した。

陣内の言葉が続いた。

「日本にテロリストを送り込み、実質的に戦争を仕掛けている秘密結社が、ただ試合に出すために、選手を送り込んだとは思えないのです」

「それで？」

陳果永が尋ねた。

「格闘技の専門家の皆さんに、意見をうかがいたいと思いましてね」

「格闘技じゃない」

陳果永は言った。

「は……？」

「武術と言ってくれ。深味が違うんだよ」

「これは失礼……」

「今日は大会の予戦だったのだろう？」

「そうです」

「そのジャック・ローガンというのは勝ち残っているのだろうな？」

「さきほど大会本部に確認したところ、予戦には勝ち残ったそうです」

「当然だな……」

「陳さんには、アメリカの秘密結社の狙いがわかりますか？」

「そのローガンという選手を優勝させることだろう」

「それだけですか？」

「それだけというが、そいつはたいへんなことなんだぜ」

「試合に優勝することがですか?」

「ただの試合じゃない。源空会の大会だ」

「詳しく説明していただけますか?」

「源空会というのは、公称百万人の門弟をかかえる大流派だ。マスコミにもよく取り上げられるし、源空会ファンともいうべきシンパが多いことでも有名だ。そして、国際大会のチケットはあっという間に売り切れ、大会はテレビ中継される。一般の人のなかには空手イコール源空会と思っている人が少なくない。……屋部が聞いたら怒るだろうがな……」

「なるほど……。ジャック・ローガンがその大会で優勝したとなると……」

「ちょっとした大騒ぎとなるだろうね。これまで源空会の大会で外国人選手が優勝したことはない。ましてや、ジャック・ローガンというのは源空会の選手ではない」

陣内は考えた。

「ちょっとした大騒ぎね……。それだけではまだ足りないような気がしますね……」

「足りない?」

陳果永が訊く。

「ええ。秘密結社の狙いとしては規模が小さ過ぎるような気がしますね……」

　秋山は、じっとふたりの会話を聞いていたが、やがて言った。

「源空会イコール空手というイメージが世の中に浸透している点が問題ですね……」

　陣内は秋山のほうを見た。秋山は続けた。

「日本人は武道に対して誇りを持っています。特に、空手にはちょっとした思い込みがあります。源空会がチャンピオンの座を外国人に渡さないのもそこに理由があると思います。つまり、おおげさに言えば、民族的なシンボルです。もし、ジャック・ローガンが、源空会の大会で優勝すると、われわれは民族の誇りを踏みにじられたような気分になるでしょう」

　陣内はうなずいた。

「なるほど……」

　熱田澪が言った。

「格闘技や武道にこだわる人には充分ショックかもしれないけれど、あたしみたいな女性にとっては、あまりぴんとこないわね」

　陣内は澪に尋ねた。

「ジャック・ローガンが源空会の大会で優勝したところでどうということはない、と……？」

「そりゃ、口惜《くや》しい思いはするでしょうけど、それ以上ではないわ」

「何が言いたいんだ?」

秋山が澪に尋ねる。

「優勝以上の何かが起きるかもしれない……。そう思うの」

秋山と陳果永は顔を見合わせた。

短い沈黙があった。

陣内が言った。

「何が起きるかは、明日、会場へ行ってみればわかるでしょう」

彼は、源空会のマークがついたパスを三枚取り出した。ビニールのケースのなかに入っており、安全ピンで衣服に止めるようになっている。「これをつけていれば、会場に入れるだけでなく、会場内を自由に歩き回れます。源空会関係者のパスなのです」

「ほう……」

陳果永が言う。「俺たちに、大会を見に行けということかな?」

「そう……。そして、できれば、わが国の不利になりそうな事態が起こるようでしたらそれを未然に防いでいただきたいし、もし、そういった事態が起こったら、それに対処すべく最善の努力をしていただきたい」

「好きなこと言ってくれちゃって……」

陳果永がソファに身を投げ出したまま言う。

陣内は、いつもの眠たげな半眼のまま、説明を続けた。

「そうそう……。屋部長篤さんは、今日の予戦から源空会の大会を見に行っているようですね」

陳が言った。

「屋部が？　たまげたな……。あいつは一度源空会の本部道場に、道場破りに行っているんだぞ」

陣内が言った。

「その後、源空会総師の高田源太郎と、直々に話をつけたと聞いています」

「それにしたって……」

陳がつぶやくと、秋山が言った。

「あの人らしいじゃないか……。だが、予戦から試合を見ているってことだが、屋部さんは、ジャック・ローガンのことを知っているのですか？」

陣内は首を振った。

「いいえ。屋部さんは知りません。そして、私は、なぜ屋部さんが源空会の大会会場にいるのかを知りません」

「まさか、大会に出場しているんじゃあるまいな……」

陳果永は冗談で言った後に、自分ではっとした。屋部長篤ならやりかねない、と一瞬本気で思ったのだった。

源空会国際大会二日目。

ベストエイトが勝ち残り、この日は準々決勝から試合が始まる。予選では四つのコートを使用したが、準々決勝からは、すべてAコートのみで行なわれる。

午前中は、源空会の師範たちによる演武や選手によるデモンストレーションが行なわれた。

蹴りによるバット折り、手刀による氷柱割りなどの試し割りが多く見られた。

破壊力は空手の最大の魅力だ。試し割りのイメージ、即空手のイメージとして定着しているほどだ。

その他、師範による徒手対刃物の組演武などが披露された。

昼休みに入り、館長控え室で、高田源太郎、辰巳、牛島両最高師範の三者会談が行なわれていた。

「芹沢のやつ、とんでもない選手を見つけてきたもんだ……」

辰巳が言った。

牛島が難しい顔で言う。

「九門高英も、源空会ルールであそこまで戦うとは思わなかったな……」

「何もアクシデントがなければ、ジャック・ローガンと九門高英が準決勝に進出してくるだろう」

「Aブロック代表が園田三段、Bブロック代表がジャック・ローガン、Cブロック代表が梁瀬二段、Dブロック代表が九門高英だ。この四人が四つのブロックに分かれていたのは観客にしてみれば大喜びだろうが、私たちは頭が痛い。もし同じブロックに九門とローガンがいれば、どちらかはもう消えていたはずだ」

「このトーナメントはAブロックとCブロック、そしてBブロックとDブロックの代表が当たるように組んである。つまり、準決勝は園田三段対梁瀬二段、九門対ローガンということになる。これは私たちにとって運がいい。最悪でも決勝にわが源空会の選手がひとりは残ることになる」

高田源太郎はそれまで、腕を組み、じっと目を閉じて考え込んでいた。

彼は、かっと目を開くと言った。

「源空会空手は、最強の空手ではなかったのか……」

辰巳と牛島は、背を伸ばし、両方の拳を握った。

辰巳が言った。

「もちろんそう信じています」

「そうだ」

高田源太郎は言った。「わが源空会の空手の実力を信じよう。恐れる必要などどこにある」

高田源太郎はそこで間を取った。「万が一、優勝をよそに持って行かれることがあっても、そのときは、源空会への今後の戒めとして、厳粛に受け止めようじゃないか」

ふたりの最高師範は反論しなかった。

その必要などまったく感じていなかったのだ。高田源太郎のいさぎよい発言に、ふたりはすがすがしさすら感じていた。

準々決勝が始まり、予想どおり、Aブロックでは園田三段が、Bブロックではジャック・ローガンが、Ｃブロックでは梁瀬二段が、そしてＤブロックでは九門高英が勝ち残った。

「なんだ、屋部は九門という選手のセコンドをやってるじゃないか」

陳果永が指差した。いっしょにいた秋山と澪はそちらを見た。

彼らは陣内の用意したパスのおかげでコートまで降りて行けた。

秋山が言った。

「行ってみよう。話をしなくっちゃ」

秋山が歩き出した。陳と澪はそれについていった。

秋山たち三人の姿を見て屋部が驚きの表情を見せた。

屋部が言った。

「いったい何でこんなところにいる？」

「それはこっちが訊きたい」

陳果永が言った。屋部は陳果永の顔を見て言った。

「俺は、九門高英のテクニックに興味を持ち、しばらく居候をしていた。その縁でこうして立ち合っているわけだ」

秋山が言った。

「ジャック・ローガンというアメリカの選手が問題なんだ」

彼は手短かに説明した。

屋部長篤は厳しい眼で秋山を見返した。彼はうめくように言った。

「ただ者ではないと思っていたが……」

「このままだと九門高英がローガンと当たることになる」

秋山は言った。「それとなく注意したほうがいい」

屋部は秋山を見てかぶりを振った。秋山は訊いた。

「なぜだ?」

「この雰囲気のなかで予戦を戦い抜いてきたんだ。今となっては、何も言ってやる必要はない」

秋山は九門を見た。初対面だった。

九門はじっとAコートの上を見つめている。

秋山はひどい衝撃を受けたような気がした。熱い疾風に襲われたような気分だった。

九門の体からすさまじいエネルギーが発せられているのだ。思わず秋山も反応せずにはいられないほどの闘気だ。

それは、ほとんど物理的な圧力だった。

「わかるだろう」

屋部が言った。「彼はもう戦い始めている。それも命懸けで」

秋山は、体の芯《しん》に火が点《とも》り、徐々に熱く燃え上がるのを感じていた。

九門高英の名前がアナウンスされた。会場から拍手が起こる。九門塾ファンも増えつつある。

今回の大会で九門ファンになった者も少なくないだろう。

続いて、ジャック・ローガンの名前が告げられる。

両者はコートに上がった。

ジャック・ローガンがコートに上がるとき、芹沢が何事か言った。ジャックはうなずいた。

主審があらためてルールの説明をする。

予戦と違い、試合ひとつひとつが慎重に進められる。

ジャック・ローガンは九門の眼を見ていなかった。天井のほうに眼を向け、しきりに手足の関節を振っている。

一方、九門は、ローガンを見すえていた。彼は、気をしっかりと下丹田に落とすため、下腹に両手を当てていた。

主審はふたりを、試合開始線まで退がらせた。

「勝負一本。始め！」

主審がコールした。

17

ジャック・ローガンも九門高英も慎重だった。じりじりと間の攻防を続けている。源空会によく見られる、中段の殴り合い、そして、その我慢比べ、といった試合ではない。

互いに強力な技を持っていることを知っているからうかつに動けないのだ。

また、自分の技を見切られることは命取りとなるので、間づもりがたいへん重要なのだ。

派手な源空会空手の攻防を期待していた客は不満のためにざわめいていたが、そのうち、会場内はしんと静まりかえってしまった。

両選手の緊張が伝わったのだ。

おそろしく高度な戦いであることが、素人《しろうと》の客にもわかり始めたのだった。

高田源太郎は、この試合の選手が源空会の選手でないことを残念に思っていた。

長門勝丸と橋本鉄男は、しゃべるのも忘れ両選手に見入っている。

屋部、陳、秋山、そして澪も同様だった。

九門高英が先に仕掛けた。

体格とウエイトのハンディーがあるので、じっとしていたのでは不利だ。相手をゆさぶって崩しにかからねばならない。

九門は体をスウェイ気味に左右に振って相手の間合いを盗もうと、少しずつ近づいていった。

ジャック・ローガンは、五寸打ちを持っている。

五寸打ちというのは名のとおり、たった五寸ほどの間があれば、正拳の逆突きと同等の破壊力を発揮できる打突法だ。

九門はそれに充分注意していた。

ジャック・ローガンは九門の接近を待っていた。近づいてきたところを、五寸打ちで仕留めようというのだ。

九門は無謀に近づいていくように見えた。

ローガンの緊張が高まる。あと一足長で五寸打ちの間合いとなる。

九門が踏み込んだ。

ローガンは、その場で強く床を踏み、鋭い呼気の音を発した。

右拳が九門の膻中を貫いたように見えた。

だが九門はそれを待っていた。体をひねってかわすと、そのままローガンの懐に入る。

そのひねりを戻す勢いを利用して、振り猿臂《えんぴ》を肋骨に叩き込む。

ローガンの動きが一瞬止まった。

九門はその隙を見逃さなかった。たちまち、七発もの正拳突きをレバーやストマックに打ち込んでいた。

ローガンが退がった。

主審が「止《や》め」をかける。主審は九門に「技あり」を与えた。

両者は再び試合開始線に戻った。

さきほどとはうって変わって、ローガンはぎらぎらと光る眼で九門を見すえている。

逆に九門高英は落ち着き始めたように見えた。

「やるじゃないか」

陳果永は屋部に言った。「あの猿臂は効いたぞ。普通のやつなら、あれでKOだ」

主審が、「続けて、始め」とコールした。

とたんに、ローガンが意表を衝《つ》いた。まるでアメリカン・フットボールのように突進し、体当たりを見せたのだ。

体重差があるから、これは強力だった。

だが、さすがに九門は、サイドステップで直撃だけは避けた。

ローガンは九門が横へ飛んだと見るや、足払いにきた。

ちょうど着地するところを狙われた九門はそのままバランスを崩した。

ローガンはさらに、そこへローキックを見舞う。九門が左側に倒れていった。

その九門の体を迎え受けるようにローガンの回し蹴りが襲った。

回し蹴りは、九門の頸部《けいぶ》に決まっていた。逃れられない状態で、しかも、見事なカウンターで回し蹴りは決まった。

屋部が声を上げて、コートサイドまで駆けて行った。

陳が声もなく立ち尽くした。

秋山もただコートの上を見つめているだけだった。

長門勝丸は思わず立ち上がっていた。

高田源太郎は、低くうめいて、強く拳を握っていた。

九門は、そのまま崩れ落ち、ぴくりとも動かなかった。

主審が駆け寄り、すぐにドクターが呼ばれる。九門塾の師範たちも駆け寄った。

やがて九門はタンカで運ばれていった。

「助からんな、あれは……」

陳果永が言った。

「え……？」

熱田澪は一度陳の顔を見てから、すぐに秋山の顔を見上げた。

秋山はうなずいた。

「ちょうど斜め後ろから頸椎《けいつい》に衝撃を与える形になった。倒れていくところへ、あの強烈な蹴りがカウンターで入ったんだ。頸椎は折れているだろう」

「狙いやがったな……」

陳果永は言った。秋山が応じて言った。

「そう。事故としか言いようがないがね……。ローガン選手は、源空会のルールには何ひとつ違反していないのだから……」

タンカについて、屋部が出て行くのが見えた。

「あいつ、どうするつもりだ？」

陳が言った。秋山はそちらを見た。

「病院まで付き添うつもりだろう。行かせてやろう」

ややあって、陳が言う。

「そうだな……」

澪が言った。

「彼らの狙いはこれだったのね……」

陳も秋山も何も言わなかった。

審判たちが協議していたが、やがて主審はローガンの一本勝ちを宣言した。九門の容態についての説明は一切なかった。

だが、陳も秋山も、おそらく九門はもう死んでいると思っていた。

選手控え室に戻ったローガンに芹沢は言った。

「殺すのはひとりでよかったはずだ。しかも、九門は源空会の人間ではない」

一ブロックにひとつ割り当てられていた控え室は、今や、ひとりの選手のためのものになっていた。したがって他に人はいない。

ジャック・ローガンは突然、苦しげに顔をゆがめ、崩れるようにベンチに腰を降ろした。

「しかたがなかった……」

ローガンはとぎれとぎれに言った。

芹沢は眉をひそめて、ローガンの様子を見つめた。ローガンは胸をおさえている。

ローガンが言った。

「ああでもしなければ、俺が負けていた。そうすれば作戦は大失敗だった……」

「見せろ」

芹沢は、ローガンに道衣をはだけさせ、胸に触れてみた。ローガンがうめき声を上げた。

芹沢は舌を鳴らした。

「九門のやつ……。猿臂であばらを二本も折りやがった……」

「決勝までこぎつけたんだ。何とかしなけりゃな……」

「わかっている」

芹沢は、ローガンの道衣を脱がせ、がっちりとテーピングを始めた。

園田対梁瀬の試合で、再び会場は盛り上がっていた。

園田は、強引ともいえる中段への連打で「技あり」を取り、一方、梁瀬は、後ろ回し蹴りで同じく「技あり」を取っていた。

先にポイントを取ったほうが合わせて一本勝ちとなる。

園田は、今年も負けられないという気持ちを前面に出して、ぐいぐいと押していった。だが、それが気負いとなった。

頭をくっつけ合うほどの接近戦で胸や腹にパンチを矢継ぎ早に叩き込み、耐えられなくなったら負ける——園田はそうした戦いに持ち込もうとした。

体格からいっても、持久力からいってもそうした戦いになれば園田のほうが有利なはずだった。

それは見苦しい試合かもしれないが、勝てばいいと園田は考えていた。

しかし、園田は梁瀬の力を過小評価していた。梁瀬は中段突きの我慢比べを許すほど不器用ではなかった。そして、地力もあった。

梁瀬は、近づいてきた園田に、連続して右と左の前蹴りを見舞った。

右の蹴りをさばいた園田だったが、左の蹴りを腹にくらってしまった。園田の前進が止まる。

梁瀬はわずかにバックステップして間を取ると同時にジャンプした。

華麗な飛び後ろ回し蹴りが園田の顔面をとらえる。

一本にはならなかったが、「技あり」が宣せられた。

梁瀬は、客を大喜びさせる大技で「技あり」を取り、合わせて一本勝ちとなった。

「どうする？」

陳果永が秋山に言った。秋山はこたえた。

「どうしようもないよ。試合に乱入するわけにはいかないし、まだ、陣内さんが言う、国の危機に関係することなど起こってはいない」

「日本人はおめでたいな。同胞が殺されたんだぜ」

「わかっている。だが、俺たちがここで我を忘れたらどうなる？」

陳果永は、秋山の気持ちをようやく悟った。秋山は怒りを必死にこらえているのだ。

陳は言った。

「すまなかった。最後まで様子を見よう」

九門が三位決定戦に出場できなかったため棄権となり、園田三段が三位となった。

そして、休憩をはさみ、決勝戦となった。梁瀬二段が、あくまでもさわやかな雰囲気を振りまきつつコートに上がる。

一方、ジャック・ローガンは厳しい表情だった。あばらが痛んだし、優勝することを義務づけられているのだ。

ふたりは向かい合った。

会場に集まった一万人、そして、テレビを見ている何万人もの人々がこの試合のなりゆきを見守っていた。

主審のコールで試合が始まった。

ジャック・ローガンは、力を温存していた。負傷しているため、チャンスは何度もない。

一方、梁瀬はパンチと蹴りのコンビネーションをうまく使い、活《い》きいきと戦っていた。

パンチも蹴りもスピードがあり切れがいい。しかも、一撃一撃が重いのだ。梁瀬は文句なく源空会を代表する選手だった。

試合は一方的に見えた。梁瀬がローガンを圧倒している。

梁瀬はローガンをコートすみに追い込んだ。そこで決めようとした。

中段にフェイントのパンチを出しておいて、そのまま、得意の後ろ回し蹴りへ持っていった。

ローガンはそのタイミングを待っていた。ローガンは目をつぶるようなつもりで、しゃにむに、突きを出した。

梁瀬は蹴りにいく途中に強烈な突きをくらった恰好になった。彼はバランスを崩した。

ローガンはその梁瀬の後方に足を出し、顎をてのひらで突き上げるような形で投げた。裏投げだった。

梁瀬はあおむけに倒れた。その胸の中央に、ローガンは全体重を乗せた拳を突き降ろした。

明らかに骨が砕ける不気味な音がした。

これも反則ではない。倒してから間を置かぬ攻撃であれば有効と認められる。

ローガンが立ち上がる。梁瀬は起き上がれない。眼をかっと見開いたまま、身を反らせるようにして苦悶《くもん》していた。

がそのうち、手足を痙攣《けいれん》させ始めた。やがて、痙攣も止まった。

主審はドクターを呼んだ。だが、そのとき、すでに梁瀬は死亡していた。

これも協議の結果、ジャック・ローガンの一本勝ちとなった。

高田源太郎は、大切な選手を失い、優勝を他流派の外国人選手に持っていかれるという最悪の事態を迎えた。

陳果永は言った。

「間違いない。やつは、源空会で優勝し、なおかつ、何人かを殺すためにやってきたんだ」

秋山はうなずいた。

場内はざわめいていたが、梁瀬二段はタンカでいち早く運び出され、観客にはその死は知らされなかった。

表彰式は、妙に沈んだムードのなかで行なわれた。二位の台が空席だった。

秋山は陳と澪に言った。

「明日になれば――いや、今夜のうちにも九門高英と梁瀬の死は報道されるだろう。その後の大衆の反応はまったく想像がつかんな……」

長門勝丸は、両手の指を組んでいた。力を込めているため、その関節のところが白くなっている。彼は言った。

「ふたりも殺された……」

「ああ……」

橋本鉄男がうなずいた。「あのふたりはおそらく助からん」

「これは、絶対にリック・クラッシャーに負けられなくなったな……」


その夜、秋山、陳果永、熱田澪の三人は南青山のオフィスで陣内と会い、報告をした。

「源空会にしてみれば考え得る最悪の事態だよなあ……」

陳が言った。陣内は考えてから言った。

「それだけではありません。すでに伏線は敷かれていたのです。アメリカ国内で日本人の旅行者などが相次いで殺されました。源空会の試合での出来事は、これらの殺人事件によって火がついていた反米意識に一気に油を注ぐ結果となる可能性がありますね」

「俺たちはどうすればいい?」

秋山が尋ねた。陣内は秋山の顔を見て、何ごとか考えていた。やがて、言った。

「しばらく考えさせてください。ここまできてしまっては、手遅れかもしれませんからね……。つまり、秘密結社のもくろみはまんまと成功したのです」

「手遅れなもんか」

陳が言った。「ジャック・ローガンを大衆のまえで血祭に上げてやればいいんだ」

陣内は陳に言った。

「あなたたちが大衆のまえに姿を見せることになりますよ」

陳は、陣内が言いたいことに気づいた。『外交研究委員会』のメンバーは誰もが、表だって行動はしたくないと思っている。

また、一般の人々に顔を知られてしまっては、雇われエージェントの価値はまったくなくなってしまう。

「とにかく、待機していてください。その後の指示は追って連絡します」

陣内がそう言ったとき、屋部が部屋に入ってきた。

全員が動きを止め、屋部を見つめた。

屋部長篤は、一同を見回した後、目をそらしてゆっくりと部屋の奥へ進んだ。

秋山が尋ねた。

「九門高英は……？」

屋部は秋山のほうを見ずにこたえた。

「棺《ひつぎ》に納めて線香を上げてきた」

屋部の言葉から、九門高英はやはり即死だったということを全員が再確認した。

「事故死ということになったのだろうな……」

秋山が訊く。

屋部はうなずく。

「試合の最中の事故だ。相手は反則行為も行なっていない……」

そのあと、屋部が言いたいことは、秋山や陳にもわかった。

「だが、ローガンは殺す気で殺したのだ」――屋部はそう言いたかったのだ。

「すばらしい空手家だった」

陳が言った。屋部は顔を上げぬままうなずいた。彼は、ぼそりと言った。

「そう。おそらく、誰が思っているよりも立派な空手家だった」

短い沈黙があった。

「とにかく、連絡があるまで待機ということにしておいてください」

陣内が言った。「私から連絡があるまで、決して軽はずみなことをしないでいただきたい」

「わかったよ。だが、あんた、早いとこ、ここから消えたほうがいい」

陳果永が言った。「でないと、屋部があんたの骨をこなごなにしちまうかもしれない」

「そいつは願い下げですね」

陣内は涼しい顔で言ってのけた。「では、私は失礼します」

陣内は出て行った。

秋山はニュースを見ようとテレビをつけた。しばらく、誰も何も言わずにテレビの画面を見つめていた。

ジャック・ローガンのニュースが流れ始めた。そこで、彼のコメントが発表された。

「不幸な事故だった。残念に思う。だが、日本の空手家が本当に強ければあのような事故は起きなかった。すでに、空手の世界でも日本人はアメリカ人に勝てない。そのことが証明された」

すさまじい音がして、秋山、陳、熱田澪の三人が屋部のほうを見た。

屋部のまえにあった応接セットのティーテーブルの天板がまっぷたつになっていた。

屋部が怒りにまかせて鉄槌《てっつい》を振り降ろしたのだ。鉄槌というのは握り拳の小指側で打つことをいう。

「落ち着いて、屋部さん」

熱田澪が言った。「彼らは挑発しているのよ。あたしたちがその挑発に乗ったら負けだわ」

屋部は何も言わなかった。

代わりに秋山が言う。

「彼はわかっているんだ。だがどうしようもない。犠牲になったのがテーブルだけでよかった」

18

長門勝丸率いるＡＮＭＳの興行が両国国技館で開かれた。この興行のメイン・イベントが長門勝丸対、アメリカ・プロ空手、ＡＡＡＫのスター、リック・クラッシャーとの異種格闘技戦なのだった。

国技館は満員だった。

長門勝丸はもともと人気のあるプロレスラーだが、この日の客席の雰囲気は、いつもと違った興奮に満ちていた。

源空会での一件、そして、それについてのジャック・ローガンのコメントが尾を引いているのだ。

相手は、アメリカのプロ空手のスターだ。

一般の観客は、長門勝丸対リック・クラッシャーの試合を、遺恨試合のように感じているのだった。

会場の外には、民族派活動家たちの宣伝カーまでが何台か集まってきていた。そのために警官隊が出動して警戒に当たるという一幕もあった。

波瀾《はらん》ぶくみでプログラムは進み、ついにメイン・イベントの時間がやってきた。

リングアナウンサーが、長門勝丸とリック・クラッシャーを順に呼び上げる。

両者はリングに上がった。

長門勝丸は、伝統的な黒のリングコスチュームに、キック・ブーツをはいている。

両肘《ひじ》にはサポーターが巻かれていた。

リック・クラッシャーは、光沢があり伸縮性が強い生地でできた長いズボンをはき、裸足だった。

ズボンの色は黒。それに白いサイドラインが入っている。クラッシャーは、その上に、黒い空手衣を着て、黒帯を締めていた。

手は素手だった。

ＡＡＡＫでは、自由にてのひらを開けるように工夫した独特のグローブをつけるが、長門勝丸とクラッシャーの話し合いで素手と決めたのだった。

長門にはその点に関して計算があった。

グローブに慣れている者は素手になると戸惑うことが多々ある。

まず、自分の拳や指が意外と痛めやすいものであることを忘れている場合が多い。突き指はよく起こるし、指を骨折することもある。また、当たりどころが悪いと、拳自体にダメージが残る。

さらに、グローブによるディフェンスに慣れてしまうと、素手というのは心もとないものだ。

レフェリーは、ＡＮＭＳの者が担当した。試合まえにルールの確認が行なわれる。

突き、蹴り、投げ技、関節技、寝技《グランド》すべてＯＫ。ただし、目、喉、金的への攻撃は反則とする。

三分一ラウンドの五ラウンド制。寝技ではギブアップか、フォールのスリーカウントで相手の勝ち。

ＫＯはテンカウント、あるいはＴＫＯ《テクニカルノックアウト》。

ドクターストップは、棄権とし、相手の勝ち。

セコンドのタオル投入などは、慣例に従う。

これらが、主なルールだった。

両者コーナーに分かれた。

橋本鉄男がセコンドについていた。彼は長門勝丸に言った。

「勝って当たりまえだ。日本中の格闘技ファンに、胸のすく思いをさせるような勝ちかたをしろ」

「任せろ」

ゴングが鳴った。

長門勝丸は、レスリングのクラウチングスタイルでは構えなかった。クラウチングスタイルのような前かがみの姿勢は、蹴りに急所をさらしているようなものだ。

互いに、アップライトスタイルで構えた。

第一ラウンドは、互いに様子を見合った。リック・クラッシャーは黒人独特のしなやかな筋肉を充分に生かした。

ジャブや、フェイントの蹴りを出し合って第一ラウンドは終わった。

第二ラウンドになると、リック・クラッシャーは、果敢に攻めてきた。得意な上段回し蹴りを生かすためのコンビネーションをさかんに使ってきた。

長門勝丸は、クラッシャーをつかまえようとしたが、そのたびに顔面に、パンチや肘打ちをくらった。

リック・クラッシャーも、プロレスラーにつかまれたらどういうことになるか、充分に研究しているはずだった。

ゴングが鳴り、第二ラウンドも終わった。

長門勝丸はすでに口のなかを何か所も切っていた。目のふちは腫《は》れ、首筋がパンチを受けたためにひどくこわばっていた。

「熊殺しは伊達じゃねえな……」

長門勝丸は言った。橋本鉄男がこたえる。

「弱音を吐くんじゃない。やつとまともに殴り合うな。とにかく、指一本でもつかまえればこっちのもんだ」

「わかってるよ」

第三ラウンド開始のゴングが鳴った。

長門勝丸は、いきなり、スライディングタックルから蟹《かに》ばさみへとつないだ。

リック・クラッシャーは、前のめりに倒された。

長門はそのまま、クラッシャーの片足を殺しにかかった。

だが、クラッシャーも研究していた。長門がアキレス腱のポイントを決めるまえにつかまれているほうの膝を曲げ、もう片方の足の踵《かかと》を振り上げた。

うつぶせの状態から後ろ蹴りがくるとは思っていなかった長門はその踵蹴りを側頭部にくらってしまった。

リック・クラッシャーの体勢は決して充分ではなかった。むしろ苦しまぎれに出した蹴りだった。

しかし、その衝撃はすさまじかった。長門は一瞬、上下の感覚がわからなくなった。彼は頭を振って、意識をはっきりさせようとした。目をあけると、リック・クラッシャーがすぐまえにいた。

クラッシャーはパンチを繰り出してきた。

長門勝丸は半ば無意識のうちにそのパンチをかいくぐり、クラッシャーにしがみついていた。

つかまえた瞬間に、ひねりを加えて投げていた。フロントスープレックスだった。そのまま、ホールドする。

しかし、ホールドが不完全なために、肩にクラッシャーの肘打ちをくらってしまった。鎖骨が折れるのがわかった。

しまった、と長門は思った。彼は、クラッシャーから離れようとした。立ち上がったとき、骨折による一時的な脳貧血が襲ってきた。目がくらんだ。

そこにクラッシャーの正拳突きが決まった。クラッシャーの拳は顔面をもろにとらえた。

長門は、後方に倒れた。

ちょうどトップロープが、首の後ろに当たるような倒れかたをした。

ダウンと見て、レフェリーがストップをかけようとした。

だがそれより一瞬早く、クラッシャーは上段の回し蹴りを放っていた。

上から叩き落とすように顔面を狙った回し蹴りだった。すさまじい蹴りが長門の顔面を襲った。

そのとき、トップロープを支点として、長門の頭部が大きくしかも急激にゆすぶられる形になった。

ひとたまりもなく、長門は白眼をむいて崩れ落ちた。

レフェリーはそれを見て、すぐに試合終了を告げた。リック・クラッシャーのTKO勝ちだ。

ドクターが呼ばれ、長門はそのままタンカで運び去られた。

会場内は異様な雰囲気となった。

リック・クラッシャーは、身の危険すら感じて、すぐさま控え室に引き上げた。ANMSの若手が命懸けで客をかき分けなければならなかった。

長門勝丸は救急車で病院へ運ばれた。

しかし、頸骨骨折および、脳内出血のためその日の深夜、死亡した。

翌日、ANMSの事務所とジムがあるビルのまえには、長門ファンが朝から詰めかけていた。

長門は、プロフェッショナルだっただけに源空会の事件のときよりも一般の人々の動きが直接的だった。

ジャック・ローガンはすでに人目につかぬよう出国し、アメリカへ帰っていた。

リック・クラッシャーにも同様の措置がとられた。そのために、日本の政府機関が少なからず働かねばならなかった。

陣内はそれを知ってひどく皮肉なものを感じていた。

「起きてはいけないことが起こってしまったようだな」

危機管理対策室の下条泰彦室長は、陣内に言った。陣内は、まったくいつもと変わらぬ表情をしていた。

「アメリカの秘密結社にまんまとしてやられましたよ」

「人々が暴動を起こさないのが不思議なくらいだ」

「我慢強い国民ですし、慎みというものを知っていますからね、日本人は……。でも、暴動は起きないが、アメリカ人やアメリカの政府機関に何らかの働きかけをする連中が出てくるでしょうね」

「それこそやつらの思う壺《つぼ》だ。それをきっかけに、今度はアメリカの政府が乗り込んでくる。軍事力を振りかざしてな……」

「危機管理対策室の腕の見せどころではないですか」

「君の自慢の『外交研究委員会』はどうしたのかね？」

「すでに出番なしですね。物事がすべて表舞台で起こってしまいましたからね……」

「それで……。何かいい案があるのかね」

「要するに、一般の人々の溜飲《りゅういん》をさげてやればいいのですよ。早い話が、恨みを晴らすのです」

「どうやって……?」

「リターン・マッチしかないでしょう。日本の空手の強さを証明し、アメリカ人たちにそれを認めさせるのです」

「やれるかね?」

「私はこれから、源空会の高田館長とアポイントメントを取って会いに行く予定です。派手なイベントが必要なのですよ。国民に、恨みを晴らしたことを知らしめる大きなイベントがね……」

「政治家の発想ではないな……」

「いいえ。国民のコンセンサスを得るために大きなイベントを行なう——これは政《まつりごと》の基本ですよ」

「わかった。うちで大手の広告代理店に話をつけて段取りをやらせよう」

陣内はうなずいて退出し、総理府六階の自分の席に戻った。部下のひとりにすぐさま命じた。

「おい。源空会の高田館長にアポを取ってくれ」

その日の夜、秋山たち四人はまた南青山の事務所に呼び出された。

すでに陣内が早くからやってきていた。

秋山がオフィスを訪ねたとき、ソファにすわっているひどく肩幅の広い背広姿の男に気がついた。その男は、入口のほうに背を向けており、誰が入ってこようと振り向こうともしなかった。

最後に屋部長篤がやってきた。屋部もソファにすわっている人物に気づいた。彼は、その背中から眼をそらそうとしなかった。

陣内が言った。

「今夜、お集まりいただいたのは、今回の皆さんの任務を正式に解除したことをお知らせするためです」

「解除?」

秋山が訊く。続いて陳果永が言った。

「つまり、もう用なしってわけか?」

「はっきり言うとそのとおりです」

屋部は何も言わなかった。彼はまだソファにすわっている男の背を見つめている。

熱田澪が屋部を見てから言った。

「ふたりの空手家とひとりのプロレスラーが殺された。アメリカのプロとアマチュアの空手家に――。これの片をどうつけるつもりですか？」

「それを君たちに話す必要などない」

陣内がこたえた。「と、本来ならば言わねばならんのですが、私はそれほど官僚的にはなれない。お話ししましょう。派手なリターン・マッチを行なうのです」

「リターン・マッチ？」

秋山が言った。「……そう言うからには勝たなきゃならんのだ」

「あそこにいらっしゃるかたが、全面的に協力してくださいます」

陣内はソファのほうを差し示した。

ソファにすわっていた男が、その巨体に似合わぬしなやかな動きで立ち上がった。

皆のほうを向く。

「源空会の高田源太郎……」

陳果永が言った。

屋部はすでにそのことに気づいていたのだ。高田も屋部に気づき、言った。

「しばらくだね……」

陣内が説明した。

「源空会が、ジャック・ローガンにリターン・マッチを申し込みます。もちろん、断わられないために、私たちがあの手この手を考えます」

続けて高田源太郎が言った。

「私がANMSに話をつけて、源空会・ANMS合同のイベントにしようと考えている。源空会はジャック・ローガンに挑戦し、ANMSはリック・クラッシャーに挑戦するわけだ」

しばらく沈黙が続いた。

「勝てるのか？」

屋部が言った。

「なに？」

高田源太郎が訊き返す。屋部長篤が言った。

「源空会では優勝候補がジャック・ローガンに殺されたのだろう。ローガンに勝てる選手はいるのか？」

「相手をするのは選手とは限らん。指導員や師範かもしれん。わが会派の層は厚いのだ。いざとなれば、この私が出て行ってローガンと差し違えてもいい」

屋部は言葉を失った。

高田源太郎は言った。

「芹沢猛はそれを望んでいるのかもしれない」

「何だって……？」

「いや、これはこっちのことだ」

「とにかく」

陣内は言った。「今回の危機管理の方針は決まりました。『外交研究委員会』の出番はもうないのです。ご苦労さまでした。今日までのギャラは指定の銀行口座に振り込まれます」

最後に高田源太郎が一同を見回して言った。

「なるほど……。これが犬神族の拳法を継ぐ面々か……」

秋山は驚いて尋ねた。

「犬神族の拳法を知っているのですか？」

「知っている。起源はたいへん古いものと聞いている。犬神族の拳法には、国を救う力があるという伝説があるそうだね」

「はい……」

「だが、今回は、われわれに任せてもらおう」

高田源太郎は背を向けた。

陣内が言った。

「では、失礼」

ふたりは部屋を出て行った。

部屋のなかは静まりかえった。誰も身動きしようとしなかった。

やがて苛立《いらだ》った口調で陳果永が言った。

「残念だな、屋部。九門高英の仇討《あだう》ちはやらせてもらえないらしい」

屋部は身じろぎもせず、床の一点を見つめている。

彼のやりきれない気持ちは、秋山にも澪にも、陳果永にもよくわかった。

だからこそ陳果永は苛立っているのだ。

「ジャック・ローガンとリック・クラッシャーが来日したときにどこに泊まるかわかるかな？」

秋山がぽつりと言った。

陳果永と熱田澪が秋山の顔を見た。陳が秋山に訊いた。

「どうしようってんだ？」

「ふたりの宿泊先を知ることはできるのか？」

熱田澪が言った。

「学部時代の先輩がスポーツ新聞の記者をやっているわ。何とか聞き出せるはずよ」

陳果永がもう一度聞いた。

「何をする気なんだ？」

秋山は言った。

「派手なリターン・マッチが準備される。だがジャック・ローガンもリック・クラッシャーもリングに現れない。尻尾《しっぽ》を巻いて逃げ出したように見える。そのほうがやつらの面目はつぶれると思わないか？」

「まさか、それを、あんたがやるというんじゃないだろうな……」

「僕だけじゃないさ」

秋山は屋部を見た。「彼もやるはずだ」

「おい」

陳果永は言った。「俺たちゃ、舞台から外《はず》されたんだぜ。ただ働きだ。その上、命懸けときている」

澪が言う。

「その命懸けのただ働きを、最初からやるつもりだったんでしょう」

陳は澪を見て、それから秋山を見た。彼は鼻で笑って見せた。それは肯定の意味だとすぐにわかった。

ふと秋山は、屋部がじっと自分を見ているのに気づいた。秋山は見返した。屋部が言った。

「同情なら迷惑だ」

「同情なんかじゃないさ」

秋山は言った。「俺は戦いたいんだ。武道館での血のたぎりがまだおさまっていない。それに……」

彼は胸のポケットからカード型のポケットベルを取り出し、机の上に放り出した。

「僕は犬コロよりも狼に近づきたい」

あとの三人は放り出されたポケットベルをしばらく見つめていた。

やがて、陳果永が自分のポケットベルを秋山が放り出したすぐそばに同じように放った。

澪がそのそばに自分のポケットベルを置いた。最後に屋部が皆にならった。

「鎖から放たれた気分だな……」

屋部が言った。

「大きな問題がひとつある。忘れちゃだめだ」

陳果永が言った。「俺たちは、ジャック・ローガンやリック・クラッシャーに勝てるのかという問題だ」

「勝たねばならんのだ」

屋部が言う。

「だからさ、実際問題として……」

「だいじょうぶよ」

熱田澪が言った。皆は澪の顔を見た。

澪が続けた。

「わが家に伝わる伝説……。三つに分けられた犬神族の拳法がまたひとつになるとき、それは最強の拳法になるって……」

「俺たちはその拳法の三分の一の要素をそれぞれ身につけている」

秋山が言った。澪がさらに言った。

「そう。集まっただけで、まだ三つの要素をひとつにしたわけではないわ」

秋山、屋部、陳は互いの顔を見合った。

19

政府の後押しで、日本最大手の広告代理店が動いた。日本中の世論が味方とあって、スポンサーもすぐに見つかった。

源空会・ANMS合同の格闘技戦の話はとんとん拍子に進んだ。テレビ局各社が中継の権利を争うほどだった。

源空会、そしてANMSでは慎重に人選が行なわれていた。選び出された選手は、当日までに、徹底的に稽古を積むことになる。

源空会では高田源太郎本人が稽古をつけるとマスコミに発表していた。

秋山、屋部、陳果永の三人は、毎夜、会っていた。

三人の技術を互いに交流し合うのだ。三人は、それぞれに達人の域に達している。それをさらに練り合わせようというのだ。

屋部の外功、陳果永の体さばき、秋山の点穴と内功——本来ひとつの拳法だったものが、三つの要素に分かれて、沖縄、中国福建省、そして、日本本土の三か所に伝わっていたのだ。

おそらく、二千年近い時を越えて、今、また犬神族の拳法がひとつにまとまろうとしているのだ。

彼らは人に見られるのを嫌い、秋山のアパートの部屋に集まった。

彼らの練習に広い場所は必要ない。屋部などは畳が一枚あればいいと豪語したほどだ。

技術を交換するといっても、互いの技を完璧にマスターするわけではない。それぞれに、何年にもわたる厳しい稽古で身につけた武術だ。

ただ、もともとひとつの拳法だっただけに他のふたりの技を学んでおくだけで、レベルが格段に上がるのだった。秋山たち三人はそれを実感した。

秋山の部屋は狭いアパートの一DKだ。さらに部屋中に書物が積まれているといった有様だった。

三人は台所を何とか片づけ、稽古場に使った。稽古中、彼らは足音ひとつ立てなかった。その事実が彼らの実力を物語っていた。

稽古が終わるころ、澪がやってきた。彼女は毎日新しい情報を運んでくるのだった。

その日、澪はついにジャック・ローガンとリック・クラッシャーの宿泊予定ホテルを聞き出してきた。彼女は千代田区紀尾井町にある一流ホテルの名を言った。

「ふたりのために、ワンフロアを借り切るそうよ」

「国賓待遇だな」

陳果永が言う。「どうせなら迎賓館に泊めてやればいいものを……」

秋山が言った。

「警備上の問題だろう。当然の配慮だ。だが、僕たちはその警備をかいくぐらなければならない」

「チャンスはある」

屋部が言う。「彼らだって、こっちへ来てからまるっきり練習をしないわけにはいかないはずだ」

陳果永がうなずく。

「そうか……。チャンスは彼らの練習のときだ……」

秋山は澪に尋ねた。

「肝腎な点をまだ聞いていない。日本ではこれだけ話題が盛り上がっているが、ジャック・ローガンとリック・クラッシャーは試合の申し入れを受けたのか？」

「試合当日まで、および、出国までの安全保障を条件にＯＫしたそうよ」

「安全保障か……」

陳果永が言った。「人殺しが、笑わせるよな……」

ジャック・ローガンとリック・クラッシャーは、別々に来日した。彼らの到着日時は、徹底的に秘匿《ひとく》された。

彼らは、秘密裡《り》に紀尾井町のホテルに入った。

ジャック・ローガンには芹沢猛が付き添っていた。リック・クラッシャーにはAAKのマネージャーとトレーナーが同行していた。

彼らには別々の練習場が用意されていた。ジャック・ローガンのためには、ホテルに隣接しているスポーツクラブが用意されていたし、リック・クラッシャーにはあるキック・ボクシングの団体から練習場を借り受けてあった。

取材はすべてシャットアウトだった。

熱田澪は知人のスポーツ新聞記者から、ふたりの練習場所を聞き出し、実際に出かけてみた。

いつものように、秋山たち三人の稽古が終わるころを見はからって、澪は秋山の部屋を訪ねた。

実際にその眼で確かめたことを三人に報告する。

「マスコミは一切締め出されているわ。でも、思ったほど警備は厳重ではないわね。警官の数もジムのまえに、三人ほどよ」

秋山が言った。

「民間の興行なのに、警察が警備に出てるのか？　てっきり警備保障会社か何かが担当するんだと思っていたが……」

陳果永が言う。

「政府の肝煎《きもい》りだからな……。それで、俺たちが入り込む余地はあるのか？」

熱田澪は知り得た情報のなかで最高のものを披露した。

「彼らはスパーリング・パートナーの不足に悩んでいるの」

三人の男は澪の顔を見つめた。

「ふたりとも、稽古のときは必ずスパーリング——つまり組手をやるんだけれど相手がたちまち病院送りになってしまうらしいの。内密に各方面から稽古相手を送り込むのだけれど、それでも間に合わないようなの」

「そいつはいけそうだな……」

陳果永が言った。秋山はうなずく。

「試合の前日は休養するはずだ。勝負は前々日か三日前というところか……」

「三日前というところが妥当だろう」

陳果永が言う。屋部が秋山と陳果永にきっぱりと言った。

「俺はジャック・ローガンのところへ行く」

「いいだろう」

秋山は言った。「僕と陳がリック・クラッシャーのところへ行こう」

陳果永が肩をすぼめた。

「熊殺しか……。おっかねえな」


ジャック・ローガンは興奮状態にあるせいでひどく苛立っていた。彼は芹沢猛に抗議していた。

「あんなスパーリング・パートナーじゃ練習にもなりゃしない。みんな一発でノックアウトだ。日本にはもっとましな空手家はいないのか」

「まともな練習相手を都合しようなんて思ってないのさ」

芹沢は言った。「ここはすでに敵の陣地内なんだよ。おまえが油断し、あるいは驕《おご》りたかぶるのを狙ってるのだ。落ち着け」

「驕りなんかじゃないさ。日本人はみんな腰抜けだ」

「では、この私が相手をしようか？」

ジャック・ローガンはようやく慎重になった。

「オーケイ、センセイ。わかった。頭を冷す。だが、もっとましな稽古相手を都合してくれ。でないと、本番までに勘が鈍っちまう」

芹沢は曖昧《あいまい》にうなずいただけだった。


屋部長篤が、紀尾井町のスポーツクラブに近づくと、警察官が彼の行く手を阻んだ。

「どちらへ行かれます？」

若い警察官だった。巡査の階級章をつけている。

屋部は手に下げていた風呂敷の包みを開いて色あせた黒い空手衣を見せた。

「稽古の相手に雇われたんだ」

年かさの警察官が近づいてきて、様子を見ていた。

若い警察官がさらに尋ねた。

「雇われたって……、誰に？」

「総理府の陣内って人だよ」

屋部は平然と嘘《うそ》を言った。

もちろん、ふたりの警官は陣内の名前など知らない。しかし、自分たちがアメリカ人の空手家を警備しなければならない背景には、総理府の影があることぐらいは知っていた。

若い警察官は、年かさの警察官の顔を見やった。年輩はうなずいた。若い警察官は言った。

「失礼しました。どうぞ」

屋部は堂々とスポーツクラブの奥へ進んでいった。

秋山も陳果永も、人並外れてたくましいというタイプではない。

そのため、リック・クラッシャーのスパーリング・パートナーとしてやってきたと言っても、警備をかいくぐれそうになかった。

力ずくで乱入するわけにもいかない。

彼らも陣内の名を利用することにした。秋山と陳果永は役人然とした恰好で、陣内の命令により視察に来たのだ、と警官に告げた。

警官が言った。

「総理府の陣内？　総理府で何をやってる人ですか？」

秋山は、故意に秘密めいた口調で、なおかつ声を落として言った。

「内閣情報調査室の次長だ。疑うのなら陣内という人物が情報調査室にいるかどうか確認するといい」

警官はうなずき、言った。

「そうさせてもらいますよ」

彼は肩章に止めてあったトランシーバーのマイクに手を伸ばした。

「待った」

陳果永が言った。「無線はやめていただく。電話を使っていただきたい」

警官は言った。

「警察の無線にはスクランブルがかかっていますよ」

陳果永はにやりと笑った。

「われわれは、そういったものを信用しない。より安全な方法を選ぶのだ」

これで勝負あった。警官はジムのなかの電話を使い、署に連絡を取った。三分後、内閣情報調査室の次長が確かに陣内という名であることを、その警察官は知った。

「失礼しました」

警察官がふたりのところへ戻ってきて敬礼をした。

「どうぞお入りください」

芹沢猛は、屋部を一目見て、武道館で見かけた男だと気づいた。そしてかなりの腕であることを見抜いた。

屋部は九門高英のセコンドについていた。当然、芹沢は屋部を警戒した。しかし、苛立っているジャック・ローガンの役に立ちそうだと思った。

芹沢は屋部に声をかけた。

「君は何だね？」

屋部は曖昧にこたえた。

「ローガン選手の相手をするように言われてきたんだが……」

「ちょうどよかった。三十分後に組手の練習を始める。ウォーミングアップをしておいてくれ」

屋部はうなずいた。

「着替えはどこで」

芹沢はひとつのドアを指差した。

「そこのロッカールームだ」

屋部はそのドアのむこうへ消えた。

ジャック・ローガンも屋部のことを覚えていた。彼は屋部の行動の一部始終をじっと見つめていた。ローガンは、日本語で交された芹沢と屋部の会話を理解できなかったので、尋ねた。

「あいつは何者だ?」

芹沢はこたえた。

「新しいスパーリング・パートナーとしてやってきたそうだ」

「やりそうだな……」

「武道館でもそう言っていたな」

「ああ……。今までに出会ったことのないタイプだ。センセイを除いては、な」

「ほう……」

芹沢はローガンを見た。「あの男が私と同じタイプだというのか?」

「俺にはそう見えるね」

芹沢はローガンから眼をそらした。

「気をつけたほうがいいぞ。かなり手強《てごわ》そうだ」

ローガンは、笑ってかぶりを振った。

「どうってこたあないよ。所詮《しょせん》日本人だ」

ロッカールームのドアが開いて屋部が現れた。

彼は念入りに体をほぐし始めた。ストレッチしたあと、軽く突き蹴りを繰り返し、汗が出始めるのを待った。

決して本気の突きは出さない。実力を見破られないためだ。

「俺はいつでもいいぜ」

ローガンは芹沢に言った。

芹沢は屋部に声をかけた。

「準備がよければ、リングに上がってくれ」

屋部はうっすらと汗をかき始めていた。彼はウォーミングアップを終え、リングに歩み寄った。

秋山と陳果永は、壁際に立って、じっとリック・クラッシャーのトレーニング風景を見つめていた。

秋山は漆黒の肌の下で、筋肉の固まりが躍動する様に圧倒されそうになった。

彼は陳にそっと尋ねた。

「凄《すご》いな。勝てそうな気がするか？」

「熊殺しだからな……。だが、勝つか負けるかの心配はしていない」

「なぜだ？」

「戦うのはあんただからだ」

秋山は陳果永の顔を見た。

陳も秋山の顔を見返した。彼は言った。

「一対一じゃなければ、フェアじゃないだろう。恨みを晴らすことにもならない」

「それはそうだが、どうして、戦うのは君ではなくて僕なんだ？」

「敵は躍動的なフルコンタクト空手だ。それには、あんたの意表を衝く柔軟な技と、東洋医学に根ざした攻撃法が有効だ。敵はあんたの技に面くらうはずだ」

「なるほどね……」

「それに、あんたは、相手が強ければ強いほど力を発揮するタイプらしい」

「そんなことは初めて言われたぞ」

「俺が保証するよ」

「心強いよ……、まったく」

「その代わり、他の連中は全部俺が引き受ける。戦いの口火も俺が切る」

「当然だな、それくらいやってもらわなければな……」

「では、そろそろ始めようか……」

陳は、レスラーらしい男に近づいた。その男はアメリカ人だった。

相手が何かを話しかけるより早く、陳は飛び込んでさっと腰を落とした。そして、片方の足を横に突き出す。

その踵がレスラーの右膝に激突した。レスラーは悲鳴を上げた。

陳果永はそのまま床に背をつき、踵で悲鳴を上げているレスラーの股間《こかん》をほぼ真下から蹴り上げた。

レスラーの悲鳴がとぎれる。彼は股間をおさえ、前のめりに倒れた。

陳は、さっと立ち上がり、レスラーの耳の後ろを、サッカーボールでも蹴るように、攻撃した。それでレスラーは完全に眠った。

会場内は、英語のわめき声でいっぱいになった。

さすがに喧嘩《けんか》慣れしている、と秋山は思った。陳は、最も手強そうなレスラーを、まだ相手が事態をつかめずにいるうちに倒してしまった。

あとは、トレーナーやマネージャー、ＡＡＡＫの若手や役員などがいるだけだ。

陳は、身を沈め、あるいは跳躍し、躍動感あふれる動きで、次々とその連中を倒していった。

若手選手のひとりがモップで殴りかかってきた。得物を持った分だけ、彼はひどいめにあうことになった。

床の上にごろりと転がった陳に、股間をいやというほど蹴り上げられたのだった。

リック・クラッシャーは、リングの上からその様子を冷やかな眼で見つめていた。

彼は決して仲間を助けに入ろうとはしなかった。

それよりも陳の動きに興味があるようだった。

リングの周囲には六人のアメリカ人が倒れて眠っていた。あっという間の出来事だった。

ジムのなかで立っているのは、リック・クラッシャー、陳果永、そして秋山の三人だけになった。

クラッシャーがゆっくりと言った。

「どういうつもりだ？《ワット・ザ・ヘル・ドゥ・ユウ・シンク》」

秋山はこたえた。

「復讐《リベンジ》」

「おまえがか？《ユー・ワナ・リベンジ》」

リック・クラッシャーは、両手を振りばかばかしいという仕草をして笑った。

秋山は、まず陳を指差し、次に倒れているレスラーを指差した。レスラーは陳より三〇センチは背が高く、体重は倍近くあるはずだった。

リック・クラッシャーは笑うのをやめた。

「おもしろい《インタレスティング》」

彼は言った。「相手になるぜ《カムオン》」

秋山は、靴と靴下を脱ぎ、背広を脱ぐとリングに上がった。

20

「ヘッドギアをつけるか？」

芹沢が屋部に尋ねた。屋部はかぶりを振った。

「俺はいらないが――」

彼はローガンを指差した。「彼につけさせたほうがいいかもしれん。大事な試合のまえだ」

ローガンは言葉はわからないが、ふたりの動作で会話の内容を悟った。

ローガンは芹沢に言った。

「ふざけたやつだ。一分以上持ったら好きなだけギャランティーをやると言ってやれ」

「ローガン！」

芹沢が妙にぴりぴりし始めていた。「この男をなめるな。そして、あまり熱くなるな」

ローガンはなぜ芹沢が神経質になるのかよくわからなかった。だが、そこで言い争うほど彼は愚かではなかった。

「オーケイ、センセイ。ゴングを鳴らしてくれ」

芹沢はゴングを鳴らした。

ジャック・ローガンは、源空会で優勝し、しかも圧勝だったため、自信をつけていた。そして、彼は軍人であったため人を殺したことへのうしろめたさを感じていなかった。

立派に任務を遂行したという誇りさえ感じていた。

その自信と誇りが、ジャック・ローガンをさらに強くしていた。戦いというのは技術よりも精神的な面が大きな要素を占めるのだ。

ジャック・ローガンの構えには隙がなかった。精神的な余裕が、逆に隙のない構えを作る。

一方、屋部の怒りはますます激しくなっていた。

だが、怒りに我を忘れるような男ではない。長年の修行と幾多の実戦で、怒りを戦いのためのエネルギーに変える術《すべ》を身につけているのだ。

屋部は、九門塾で学んだテクニックを披露した。

フットワークを使い、体を左右にウィーブさせながら距離を縮めた。

屋部は接近し、ジャブ、フック、アッパーのコンビネーションを披露した。

ローガンは、それをてのひらでさばいた。今度は、ローガンが刻み突きのジャブを出す。

屋部はそれを肩でブロックし、さらに近づき、左のリードフックから右のボディブローへとつないだ。

芹沢は、意外に思っていた。

屋部を見たときの印象と彼のテクニックは、まるで異質だった。

少なくとも屋部の戦いかたからは、第一印象のおそろしさは感じられない。こうしたフルコンタクト系のテクニックだったらローガンのほうがはるかに上だと芹沢は思った。

(見かけだおしだったか……)

芹沢がそう思ったとき、ローガンは、上段回し蹴りを見せ技に使い、一気に間を詰めた。

相手は蹴りも突きも出せない距離だ。

(決まったな)

芹沢は思った。

ローガンが五寸打ちを屋部の胸に見舞った。

ローガンの体がしなり、その腕の動きからは想像できない激しい音がした。

屋部の体は大きく後方へ弾《はじ》き飛ばされていた。屋部はロープに背を打ちつけた。

ローガンは薄笑いを浮かべていた。今まで彼の五寸打ちを受けて立ち上がった者はいない。

芹沢もこれで終わりだと思った。

だが、屋部は倒れなかった。彼は、五寸打ちを見切り、当たる瞬間にわずかに体をひねって衝撃を逃がしていた。

さらに、自分から後方へ跳んで破壊力を減少させたのだった。

弾き飛ばされたように見えたのは、そのせいだった。

大きな音はしたものの、それは表面的な打撃に過ぎず、衝撃が奥深くまで伝わらなかったのだ。

ローガンは、わずかに顔色を変えた。

芹沢は驚いた。そして、思った。やはり、この男は、ただ者ではない、と。

屋部は今度は、フットワークを使わなかった。

半身になり、わずかに膝をためる。

両腕はだらりと垂れたままだ。

芹沢はそれを見て、背筋に悪寒が走るのを感じた。

さきほどとは気当たりが違う。芹沢は、屋部が本気になったのに気づいた。

ローガンは言った。「タフな野郎だ。だがタフなだけでは俺には勝てない」

「驚いたな」

さすがにローガンも慎重になっていた。彼の戦士としての勘が危険を知らせているのだ。

ローガンもフットワークなど使わなかった。じりじりと間を詰める。

一センチ近づくごとに、ふたりの間の緊張感は高まっていた。

ローガンが鋭い気合いを発して、下段の回し蹴りから、顔面への正拳突きを見舞ってきた。

屋部は、下段回し蹴りをものともせず右足を半歩踏み出した。

ローガンの上段突きは、屋部の頬をかすめて通り過ぎた。

屋部は、四股《しこ》立《だ》ちとなって右の正拳をローガンの膻中《だんちゅう》——胸の中央にある急所に叩き込んでいた。

鍛えに鍛え抜いた正拳だ。それがカウンターで決まったのだ。

ローガンは、その場で白眼をむいた。やがてゆっくりと崩れていく。

芹沢が真《ま》っ蒼《さお》になって立ち尽くしていた。

屋部は無言で芹沢の顔を見た。

芹沢は言った。

「なんという突きだ……」

屋部はこたえた。

「これが俺の空手だ。俺は一生かかって突きを極《きわ》めようとしている」

「一生かかって……」

「どんな理由があるにせよ、人殺しの片棒をかつぐようになってはいけない」

芹沢はローガンを見た。

「……膻中にあれだけの突きをくらっては、当分使いものにならんな……」

「胸骨が砕けているはずだ。すぐ病院に運ぶといい」

芹沢は屋部に眼を戻した。

「君は何者だね？」

「名乗るわけにはいかない。ただ、このばかばかしい戦いを終わらせようと考えているだけだ」

屋部はロッカールームへ消えた。すぐに着替えて出てきた。

芹沢はまだ同じ姿勢で立っていた。

屋部は何も言わずスポーツクラブを出て行った。

芹沢はつぶやいた。

「ああいう生きかたもあったんだな……。私も何とかやりなおせるかもしれない……」

芹沢は電話のところへ行き、救急車を呼んだ。

リック・クラッシャーは、ややオープンスタンスで、フットワークを使っている。

さかんにジャブを出して秋山をけん制する。秋山は、ジャブが来るたびに、両手で払いのけていた。

空手の受けとは違う払いかたに見えた。相手の攻撃を弾くのではなく、受け流すような形だった。

リック・クラッシャーは余裕をもって戦っていた。遊んでいるといってもいい。

秋山はクラッシャーの攻撃をさばくのが精一杯に見えた。

しかも、リック・クラッシャーはまだ本気を出していない。

リック・クラッシャーは、上段の回し蹴りから後ろ回し蹴りへつなぐ連続技を出してきた。

秋山は、両腕で頭部をかばうようにブロックした。

後ろ回し蹴りは強烈で、そのブロックごと吹っ飛ばされた。

車に撥《は》ねられたような衝撃だった。秋山は頭をかかえたまま、リングの上でうずくまっていた。

ダメージのために立ち上がることができない。

クラッシャーは米語で言った。

「どうした？　もう終わりか？　復讐《ふくしゅう》するんじゃなかったのか？」

陳は秋山に言った。

「おい、しっかりしろ！　テンカウントを聞いたら終わりだぞ」

秋山は、何とか立ち上がった。

「だいじょうぶ。まだカウント・エイトだ」

リック・クラッシャーは、再び残忍そうな笑いを浮かべた。

彼は構えようとした。

そのとき、ふいに笑いが消えた。

彼は自分の左腕を見た。そして、秋山と左腕を見比べた。

「どうしちまったんだ」

クラッシャーはつぶやいた。

左腕が上がらないのだ。

それが秋山のせいだと気づくのにやや間があった。

秋山は、クラッシャーのジャブを受け流しながら、両手の手首にある豆状骨、あるいは人差指のつけ根の中手指節関節《ちゅうしゅしせつかんせつ》の突起を使って、点穴を行なっていたのだ。

つまり、上腕にある天府《てんぷ》、俠白《きょうはく》、臂臑《ひじゅ》、肘の周辺にある曲池《きょくち》、尺沢《しゃくたく》、小海《しょうかい》、前腕にある手三里《てさんり》、手首にある列缺《れっけつ》、養老《ようろう》、神門《しんもん》といった重要なツボを、当たるを幸いに突いていたのだ。

クラッシャーは、合理的なトレーニングを重視するスポーツのプロだ。理由のわからない身体の異変で、たちまち取り乱し始めた。

リック・クラッシャーは、いきなり、右のストレートを出してきた。

だが、左とのコンビネーションのない、単独のストレートはそれほどおそろしくない。

また秋山は両手をからめるようにしてさばいた。

そのとき、さきほどより強く、親指で肘の小海のツボを刺激した。

リック・クラッシャーの右腕に電流が流れるような刺激が走った。そして、また、手が効かなくなった。

「いったい何をやってるんだ……？」

リック・クラッシャーの表情が、驚きから恐怖に変わりつつあった。

それに反して秋山は落ち着いてきた。そうなると、さきほどまで、黒い小山ほどにも感じられたクラッシャーが小さく見えてきた。

クラッシャーの両手はじきに回復する。だが、それに気づかれてはいけない。

「くそっ！」

一声叫ぶとクラッシャーは、得意の上段回し蹴りから後ろ回し蹴りへの連続技を繰り出してきた。

得意技で一気にけりをつけようと考えたのだ。

だが、秋山はすでにその動きを読んでしまっていた。最初の回し蹴りはフェイントだとわかっている。

秋山は、回し蹴りをくぐるように身を沈め、片足だけをクラッシャーのほうに伸ばした。

その踵で、膝裏の『委中《いちゅう》』というツボを打つ。リック・クラッシャーは、完全にバランスを崩した。

だが倒れはしなかった。何とか踏みとどまろうとしている。

それがクラッシャーの命取りとなった。バランスを崩して無理やり立っているのはいわゆる「死に体」だ。そういうときは、倒れてもいいから、自分の技を出せる状態になっていなければならない。

秋山は、跳ね起きると、鋭い呼気の音を発した。

その体が激しくうねる。

秋山は両方のてのひらを突き出した。そのてのひらは、クラッシャーの腹部を包むようにして打ち込まれる。

秋山の体のうねりによって生じた波動と気がてのひらで爆発し、そのままクラッシャーの腹部に衝撃が浸透していった。

クラッシャーは、信じられぬほどの重たいショックを感じ、次の瞬間、体中の力が抜けてしまった。

彼は崩れ落ちた。

秋山は、その様子を無言で眺めていた。

「よくやった」

陳果永が言う。「早いとこずらかろうぜ」

秋山の顔に、急に汗が吹き出した。

「どうした?」

陳が尋ねた。

「う……動けないんだ」

極度の緊張が通り過ぎたせいだった。

陳果永は、舌を鳴らしてリングへ上がった。秋山の頬を平手で激しく張る。大きな音がした。

秋山は夢から醒《さ》めたような顔をした。

陳果永が言った。

「ショック療法だ。効いたろう」

秋山がうなずいた。

「ああ。もうだいじょうぶだ。さ、行こう」

陳はクラッシャーを見て言った。

「どの程度のダメージだ？」

「さあな」

秋山が言った。「あんな危険な打ち込みをやったのは初めてだ。たぶん、いくつかの内臓は破損しているはずだ」

「目的は果たしたというわけだ」

ふたりは、ジムをあとにした。


源空会・ANMS格闘技戦の当日、ジャック・ローガンとリック・クラッシャーの棄権が明らかにされた。

イベント関係者はパニックに陥った。

格闘技戦のイベントは、源空会とANMSの勝利宣言の会に急きょ変更された。そのイベントでは、高田源太郎自ら演武を行ない、また橋本鉄男も、長門勝丸追悼試合に出場した。観客は、それで充分に満足したのだった。

ジャック・ローガンとリック・クラッシャーの棄権については、一切公式な発表がなく、さまざまな憶測《おくそく》が飛び交った。

試合をする前に、日本人と非公式の勝負をして敗れたのだという噂が流れ、人々はその噂を喜んで受け入れた。

しかし、その噂の出所が内閣情報調査室であることを知る者はいなかった。

ボストンのクラブ『シティー・クラブハウス』に、『アメリカの良心』のメンバー十二人が急きょ集まっていた。

アーサー・ライトニング・ジュニアは、計画が最後の最後で失敗したことを皆に告げていた。

一同はさほど落胆した様子はなかった。

「世論は、われわれの側に傾きつつあるんだ」

上院議員が言った。「また別の手を考えるさ」

ライトニングはうなずいた。

「そういうこたえがかえってくることを期待していたのだ。正義はわれわれにある」

同じころ、陣内は、下条に呼ばれて下条の部屋を訪ねていた。午前の十時過ぎだった。

「うまく切り抜けたな……」

下条が言った。

「イベント屋はプロですからね」

「主役が欠場……。イベント自体がつぶれるところだった。そうなれば大損害だったぞ」

「結局はそうならなかったのです。すべてうまくいきました。ひょっとしたら、試合をやったより効果は大きかったかもしれません。試合をやっていたら、また敗《ま》けていたかもしれないのですからね……」

「君の楽観主義には恐れ入る。ところで、ジャック・ローガンとリック・クラッシャーは、ベッドにくくりつけられたまま空輸されていったということだが、いったい誰が彼らをそんなふうにしたんだね？」

「はっきりはしていません。でも見当はついています。警備していた警官によると、ふたりをやっつけた連中は、私の名前を利用したそうですから」

「なるほどな……」

「報告書を作りましょうか?」

陣内に聞かれ、下条はしばらく考えてから言った。

「いや、必要ない。私は何も知らなかったことにするよ」

陣内は自分の席に戻ると、内線電話をかけ、『外交研究委員会』の連中がどこにいるか尋ねた。

係員は「南青山の事務所に全員いる」とこたえた。

陣内はさっそく事務所へ出かけた。

ドアをあけたとき、陣内は、机の上に放り出された四枚のポケットベルを見つけた。

四人の姿はもちろんなかった。

屋部長篤はまた旅に出て、陳果永は東京の雑踏のなかに消えていった。

秋山は本をかかえて、図書館と研究室を往復する生活に戻っていた。

キャンパスのなかで、澪の姿を見つけた。

澪は夕日を背にして手を振っていた。彼女の姿が金色に光って見えた。

解説

関口苑生

本書『内調特命班　徒手捜査』（『謀殺の拳士　犬神族の拳2』を改題、初刊は一九九二年）は、『内調特命班　邀撃《ようげき》捜査』（『犬神族の拳』を改題、初刊は一九九〇年）に続くシリーズの二作目である。

両作ともに、日本を混乱状態に陥らせようとするアメリカの陰謀を、犬拳の継承者である三人の男たちが、文字通り体を張って阻止するというのが基本のストーリーだ。そこに古代より連綿と続く伝説の解明という伝奇的要素や、近代空手の源流となった沖縄のブサー（武士）たちが修行した、凄まじいまでの威力を持つ武術の模様と圧巻の格闘場面が加味され、まさに今野敏の魅力がたっぷりと詰まった一作となっている。と同時に、このシリーズにはもうひとつ、今野ファンなら思わずニヤリとしてしまう驚きの要素がいくつもあって、それを探していくのが愉《たの》しくて仕方なかった。

たとえば主人公のひとり秋山隆幸は、前作のラストでＣＩＡの工作員シド・フォスターと壮絶な闘いの末に彼を倒したが、その際、「僕に息子が生まれたら、あんたの名をもらってつけることにしよう」とつぶやいたものだった。しかし、これに先立つこと二年前の一九八八年に、近未来を舞台にした『最後の封印』（『ミュウ・ハンター』を改題）、さらには一九八九年の『最後の戦慄』（『ガイア戦記』を改題）という作品で、シド・アキヤマなる人物を登場させているのだった。つまり、先に書かれた作品での人物名の由来が、後になって判明するという意外な繋《つな》がりが見えてくるのだ。同じく、屋部長篤も一九八九年の『男たちのワイングラス』で、名前こそ屋部「朝徳」となっているが、沖縄から武芸の旅を続け、本土に渡って道場破りをする人物として登場していた。もちろん風貌もそっくりだ。ちなみに勝手な想像ではあるが、彼のモデルの原型は伝説の琉球空手家、本部朝基《もとぶちょうき》と喜屋武朝徳《きゃんちょうとく》を合わせた人物ではないかとひそかに思っている。このふたりのことは武道家小説『武士猿《ブサーザールー》』と『チャンミーグヮー』に詳しい。

　このように、いくつかの作品でクロスオーバーして同じ人物（と思われる、もしくはその関係者）が登場するのは、今野作品では決して珍しいことではない。

　最も代表的な例としては、彼の警察小説のほとんどに登場する田端警視庁刑事部捜査一課長があげられよう。この人はもう、捜査本部が立ち上がってからの捜査会議の席上で、なくてはならない人物と言っていいのではなかろうか。それほど読者にとっては馴染《なじ》み深い存在となっている。

　これに次ぐ人物としてもうひとり。本シリーズにおける陰の主役と称してもいい、陣内平吉内閣情報調査室次長がいる。

　彼が最初に登場したのは、一九八五年に第一作が刊行された《聖拳伝説》シリーズであった。このときはまだ現在の組織の前身、内閣調査室の調査官で、警察庁から現役のまま出向してきたとある（第三作から内閣情報調査室となった）。

　その後、彼の「関係者」が登場するのは、先にも記した近未来が舞台の『最後の戦慄』で、ここには陣内吉範という人物が内閣官房情報室の一員として登場する。彼の父親も政府の役人で、その名は陣内平吉といった。何とまあ、ここで陣内と秋山の関係者（息子）同士は時を経て出会っていたのである。しかし繰り返すようだが、この作品は本シリーズが出る前に書かれたもので、これは何と言ったらいいのだろう、作者の愛着なのか、それとも自分が書いたものへの落とし前をつける意味なのか、いずれにせよ一読者としては、そうかそうだったのかとふたりの繋がりに気づいたときはニヤリとしたものだ。

　そして、さらに遠い未来の物語《宇宙海兵隊》シリーズでは、地球連邦議会のカズへイ・ジンナイ（陣内和平）議員が登場、陣内家は代々、政治家的な才能に恵まれた人材を輩出してきたとある。

陣内平吉本人が出てくる作品は、ほかにも《警視庁捜査一課・碓氷弘一》シリーズの一作『触発』がある。ここでの陣内は、内閣官房の危機管理対策室室長となっている。また『熱波』でも情報調査室の室長としてわずかに登場するが、この作品でもっと驚かされたのは今野敏のデビュー長編《奏者水滸伝》シリーズの比嘉隆晶、古丹神人、遠田宗春、猿沢秀彦らも登場したことだった。しかも沖縄にある比嘉の店『ビート』（!）で、あの当時と変わらぬ熱い演奏をするのである。

余談になるが、この間の陣内の年齢は、最初に登場してきたときは三十歳で出向して今は三十五歳とあり（聖拳伝説）、最終的には四十二歳（触発）となっている。とまあ思いつくままに挙げてみたが、ほかにもこのような例、シリーズを超えて活躍する人物たちがいるかもしれない、と書いたところで思い出した。『わが名はオズヌ』でも陣内は一瞬登場するのだった。さらには、このオズヌのメンバーに加えて、四つのシリーズ主人公たちが一堂に会して事件を解決する『パラレル』という異色の作品もある。

これらのことは、作者のお遊びと言ってしまえばそうなのかもしれないが、読者にしてみれば、ましてや今野ファンにとってはちょっと感動的で、嬉しい仕掛けである のは間違いないだろう。こういうお遊びが小説をより愉しいものにしてくれるし、読むことの喜びとともに、自分だけのひそかな発見という自慢にもなっていくからだ。

実際、この《内調特命班》シリーズは、いろいろな意味で本当に愉しめた。


物語はニューヨークのハーレムで、日本人女性が三人の黒人に暴行、殺害されることから始まる。同様の婦女暴行殺人事件はハワイでも起き、数日後にはロサンゼルスで単身赴任していた商社マンが射殺されるという事件が発生。たて続けに起こった日本人殺害事件に、日本国内での世論は騒然となる。だが、それに対してアメリカのマスコミは、きわめて冷淡な扱いに終始する。それどころか「アンフェアな日本に当然の報復」といった見出しを付けた新聞記事まで出る始末だった。

実はこの事件の背後には、アメリカの特権階級――政治・経済・軍事・文化芸術など、さまざまな分野の支配階級で構成されている『アメリカの良心』という秘密結社が暗躍していたのだった。目的はもちろん、日本を叩くためである。彼らは、とりわけ日本人の精神的なよりどころとなるようなものを踏みにじってやることが、日本を叩き、貶《おとし》める大きな要因となると考えていた。

かくして、とある計画が着々と進行し、ついにはふたりの人物が日本へと送り込まれたのだった。

本書が書かれてからすでに四半世紀以上が経《た》っている。日米関係においても、世界の情勢においても、当時の状況と現在の状態とでは相当な違いが生じているのは間違いないだろう。ではあるのだけれども、今回読み返してみて本当にそうなのかと思ったことも事実だった。たとえば、秋山隆幸が所属している歴史民族研究所の老学者が洩らす言葉だ。

アメリカという国はまだ若く、若い時代には力が正義となるというのだ。続いて、

「そして、若さゆえに構造が単純だ。その単純さで、他国の事情を推し測ろうとする。すると、理解できない。自分たちの理解できないことは正しくないことだと判断するんだな。そして、その構造を変えろと迫るわけだ」

と指摘する。まるで今のアメリカ大統領の言動を皮肉り、批判するかのような言葉なのである。迂闊《うかつ》なことは言えないが、いくら時代が流れて表面的な部分では大きな変化が見られようとも、アメリカは常に自国が優位でなければならないという、根本のところでの思想は何も変わっていないのかもしれない。改めてそうしたことまで考えさせられてしまったのだ。特に日本に対する接し方、交渉の様子などは、言われて

みれば昔から終始一貫して高圧的な態度で迫ってきていたような気もするのだった。
そんなアメリカ社会の中枢を担う支配者たちが送り込んできた刺客と、彼らに立ち向かうべく再び陣内の招集を受け、秋山隆幸、屋部長篤、陳果永の三人が闘うことになる。

この三人は、もともとひとつの拳法だったものが、ある時期に三つの要素に分かれて、日本本土、沖縄、そして中国福建省の三カ所に伝わり、それぞれ継承者となった男たちであった。なぜ三つに分かれたのか。それはこの拳法があまりにも強力すぎて、内に向ければ国をたちまち平定するが、使い方を誤れば逆に滅ぼしかねず、一方で外に向ければ国のいかなる危機も救うと言われていたからである。今より遥かに遠い過去、この凄まじい威力を持った拳法の始祖は自分の技を三つに分け、人格のすぐれた三人の人物にそれぞれ別々に教えたのだった。その技の継承者が秋山、屋部、陳だったのだ。

ちなみに秋山家と熱田家で、言い伝えが若干異なっているのは、伝承説話は伝播する際に、微妙な変化を見せることが多いからだ。風土特有の文化に染まりながら、伝えられた地に根を生やし、また種は遠くまで運ばれていく。細部において固有の差異がある物語となって残るのは不思議なことではない。

さて冒頭でも触れたが、本書の物語の背景には日米関係の危うさ、齟齬《そご》から生まれた米側による侵略的行為とも言える危機がまずあり、そこへ伝奇的要素と、本格的武術・格闘技小説の要素をぶち込んだ、今野敏ならではの絶対的エンターテインメントなのである。ことにアメリカの刺客と三人が闘う場面は圧巻だった。

最後に今一度言う。これは本当に面白く、心の底から愉しめ、そして考えさせられる一作だ。

二〇一八年十二月

この作品は2009年7月徳間文庫として刊行されたものの新装版です。なお、本作品はフィクションであり実在の個人・団体などとは一切関係がありません。

徳間文庫

内調特命班《ないちょうとくめいはん》 徒手捜査《としゅそうさ》

〈新装版〉

2019年1月15日 初刷
2019年12月31日 2刷

著者 今《こん》野《の》敏《びん》
発行者 平野健一
発行所 株式会社徳間書店
東京都品川区上大崎三―一―一
目黒セントラルスクエア 〒141―8202
電話 編集〇三(五四〇三)四三四九
販売〇四九(二九三)五五二一
振替 〇〇一四〇―〇―四四三九二
印刷 製本 大日本印刷株式会社

ISBN978-4-19-894425-4 (乱丁、落丁本はお取りかえいたします)